あっけらかん

よろず相談屋繁盛記

野口　卓

集英社文庫

目次

あっけらかん
よろず相談屋繁盛記

主な登場人物

信吾　黒船町で将棋会所「駒形」と「よろず相談屋」を営む
甚兵衛　向島の商家・豊島屋のご隠居。「駒形」の家主
巌哲和尚　信吾の名付け親で武術の師匠
常吉　「駒形」の小僧
権六　「マムシ」の異名を持つ岡っ引
正右衛門　信吾の父。浅草東仲町の老舗料理屋「宮戸屋」主人
繁　信吾の母
正吾　信吾の弟
咲江　信吾の祖母
波乃　楽器商「春秋堂」の次女。信吾の妻となる
ハツ　「駒形」の客で天才的な将棋少女

大波の狭間

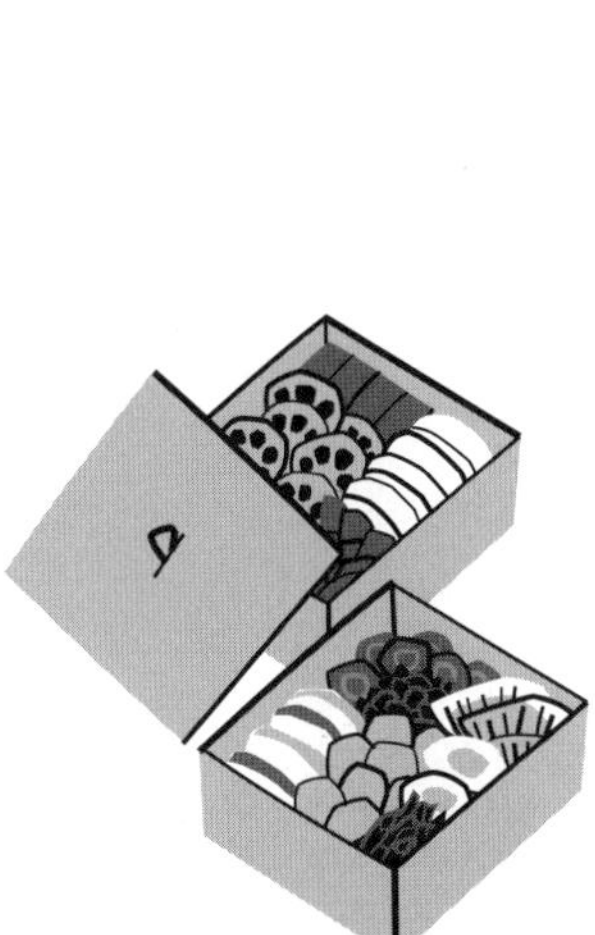

一

「なにも詫《わ》びることはない。拙僧は迷惑などしてはおらんと、正右衛門《しょうえもん》どのには言っておいたのだが」

将棋会所「駒形《こまがた》」開所一周年記念将棋大会も無事に終わったので、信吾《しんご》は一升徳利を提げて檀那寺《だんなでら》の巌哲《がんてつ》和尚を訪れた。瓦版騒動で迷惑を掛けたお詫びに、母の繁《しげ》から上方の下り酒を都合してもらったのである。

瓦版の出たすぐあとで父が詫びてくれ、そのおり将棋大会が終われば本人が、と言ったとのことであった。それはそれとして、信吾の口から伝えたいことがあったのだ。

年の瀬のあわただしさもあってか、将棋会所の客もいくらか減っていた。伝言箱への連絡もなかったので、信吾はあとを甚兵衛《じんべえ》と常吉《つねきち》に頼んで抜け出したのである。

「ですが瓦版に和尚さまのお名前が出てしまいましたし、瓦版書きが何人も押し掛けたでしょうから、たいへんなご迷惑を」

「大したことはない。瓦版の主役は信吾だからな」

「とは言っても、瓦版書きはしつこいですから、何人もから繰り返し訊《き》かれてさぞ煩《わずら》わしかったと思います」

「そうでもない。訊きに来るときには連中の頭の中に、書くことはおおよそできあがっておるようだ。ゆえにありきたりのことを訊いて帰ってゆく。信吾に護身の術を教えた坊主が実際にいたというだけで満足なのだ。それに瓦版になったのは、最初にやって来た陰気な書き手のものだけで、あとからの連中のは瓦版にならなんだようだ」

最初に来たというのは天眼《てんがん》で、かれが言っていたように二番煎じは利かなかったということである。

「それより信吾こそ、たいへんだったであろう」

「刃物を振《ふ》り廻《まわ》すならず者を素手で退散させた、などと大袈裟《おおげさ》に書かれましたので。一体どんなやつなのだと、ひと目見ておこうと思ったらしく、多くの人が詰め掛けたのには驚かされました。ならず者とは言っても、相手は酔っ払っていたんですよ。瓦版はそんなことには少しも触れず、てまえの武勇伝のように書かれましたから」

「そうでもなかろう。だれが書いたか知らんが、実によく見ておる。武芸の心得がなければ、あそこまでは書けんはずだ。ということはヤクザ者か浪人かは知らんが、瓦版書きは相当に喧嘩《けんか》慣れしたやつだということになる」

それがわかるということは、巌哲が元武士だったからだろうが、信吾はそれには触れないことにしている。

「瓦版書きは天眼と言いまして、南か北かはわかりませんが町奉行所の同心だったそうです。なにかで失敗《しくじ》って、辞めねばならなくなったとのことですが」

「さもあらん。同心なら、瓦版書きと通じる部分も多いからな。仕事は辞めても、かつての同僚とは繋《つな》がっておるであろう。天眼とやらは、ほかの瓦版書きとは較《くら》べものにならぬほど有利だ」

なるほどそういうことか、と信吾は納得した。あと追いで聞きに来た同業が天眼の名を聞くなり、「けったくそ悪い。またもや、あやつに先を越されたか」と吐き捨てたことがあった。同心崩れなら手蔓《てづる》もあり、探索に関してはお手のものなので、普通の瓦版書きは太刀打ちできないはずだ。

「それはともかく、鎖双棍《くさりそうこん》に触れられなんだのでよかった。あれについて書かれると、騒ぎはさらに面倒になっただろうからな」

たしかにそうかもしれない。護身具と言っても、実態を知らねば一体どんな武具で、いかなる使い方をするのかと、見たい者や知りたい者は多いにちがいない。

「鎖双棍は最後の手段です。相手が酔っ払っていましたので、遣うまでもありませんでしたから」

巌哲が苦笑したのは、ならず者が酔っていたと信吾が繰り返したからだろう。

「相手が殴り掛かったり、刃物を突き出したりしても、その動きがはっきり見えたのではないか」

「はい。瓦版にはならず者が不意に鉄拳を見舞ったとか、抜く手も見せず九寸五分をと書いてありましたが、ゆっくりとしか見えませんでした」

「それが鎖双棍のブン廻しを続けた成果よ。普通の者には電光石火の早業に見えたかもしれんが、ブン廻しで徹底して見ることを鍛えた目には、盆踊りの手捌《てさば》き程度でしかない。となれば難なく躱《かわ》せるということだな」

「これからも怠りなく続けます」

「それはよいが、瓦版書きなどという輩《やから》とは、ほどほどに付きあうように」

「と申されますと」

「考えることがあまりにも下卑ておる。無責任に書き殴るが、世間の連中は書いたことに振り廻されるからな。それを信じた者が押し掛け、煩わしかったであろう」

「ですが二十日がすぎて、ほどなく二十五日ですので」

「落ち着いてきたか」

「さすがに」

「表向きだけであろう」

「と、申されますと」

「あれほど騒がれれば、なにかと注目されずにはすむまい」

「実は毎日のように、てまえを名指しで座敷にお呼びのお客さまがおいでなのです。などと申しますと、まるで売れっ子の芸妓《げいこ》のようですね。宮戸屋《みやとや》にお見えのお客さまから、瓦版に書かれたことについて詳しく知りたいとのことで次々に声が掛かるのですよ」

「それで座敷に出るのか。親孝行をせねばならぬということだな」

「長男でありながら、見世を正吾《しょうご》に押し付けました手前、やはり」

「それだけではあるまい」

「どういうことでしょう」

「瓦版を読んだ者の中には、年ごろの娘を持った親も多かろう」

和尚はニヤリと笑い、つられて信吾も笑った。

「はい。瓦版はどうやら口実のようでして、座敷に出ますと、なぜか着飾った娘さんが同席されているのです」

「親が心を動かされたというより、娘からせがんだほうが多いにちがいない。となると、身辺はかなり騒々しいのではないのか。いい娘がいるなら、早めに身を固めたほうがよいと思うがな」

思わず噴き出しそうになって、信吾はあわてて口を押えた。

「失礼しました。実は顔をあわせるたびに、母や祖母にもおなじことを言われておりまして」

「江戸屈指の料理屋の女将《おかみ》に大女将だ。長く世間を見てきたので、その辺のところをよくわかっておられるのだろう。身を固めれば信吾も落ち着くし、世間も騒がなくなる」と言ってから、巌哲は少し間を置いた。「それにこういうことは縁《えにし》だから、待ったからと言って良縁に恵まれるとはかぎらぬ」

わかっているのだが、信吾の場合はそれだけではなかった。どうしても触れなければならない問題があるのに、話すべきかどうかの判断が付かないのだ。それだけではない。もし話すとすれば、いつどの時点で話せばよいのかと迷い続けているのである。

迷っていては踏み切れない。

「馬には乗ってみよ、人には添うてみよ、と言うぞ。馬の善し悪《あ》しは乗ってみなければわからぬし、人にしてもおなじだ。いっしょに暮らすとか、親しくしてみなければ実際のところはわからぬからな」

巌哲はどうやら、好きな娘がいるのに信吾が迷っている、それとも母や祖母が話を進めているのに乗り気でない、などといくつかの場合を想《おも》い描いて話しているらしい。

巌哲は信吾の名付け親である。

三歳で高熱を発して死線を彷徨《さまよ》ったとき、両親が改名の相談をしたことがあった。巌哲の名付けがよくなかったと取られ、激怒されてもしかたがないところだ。だが和尚は信吾という名だからこそ、それだけの苦しみで乗り切ることができたのだ。稀《まれ》に見る強運の持ち主であるぞ、と言明してくれたのである。

特別な人である巌哲には、正直に打ち明けるべきだろうと信吾は思った。ところが、どのように切り出せばいいのかわからない。

「てまえは三歳で高い熱を出しましたが、なんとか命を取り留めることができました。ですが、ときおり自分のしたことや話したことが抜け落ちると、話したことがありましたでしょう」

「今でもあるのか」

「はい。ですが、これまでは大事には至っておりません。ころッと忘れていましたが、そんなことを言いましたか、程度で笑ってごまかせたのです」

だが商人《あきんど》としてはそれではやってゆけない。契約とか、文書にしなくとも双方が胸に収める、などということがあると父からも聞いている。阿吽《あうん》の呼吸とやらもあるだろう。ところがそれが抜け落ちては、商人にとって致命的である。

信吾が宮戸屋を弟の正吾に譲って、よろず相談屋と将棋会所を始めることにしたのも、そのためであった。

「所帯を持つということは、商売とおなじで相手に対して責任を持たねばなりません」

「伴侶《つれあい》に隠し通す気はない、ということだな」

「知らないならともかく、知っていて話さなければ、相手を騙《だま》し続けることになりますから」

「それやこれやで、踏ん切ることができぬということか」

「まだ決まった相手がいる訳ではありませんが、いつかそうなるかもしれません」

「なる。かならずなるであろうな。だが、なぜにためらう」

「いつ、切り出せばいいのでしょうか」

「そのときが来れば、だな」

思い切って打ち明けたのに、はぐらかされた気がしないでもない。

「それがいつかわからないのです」

年が明ければ阿部川町《あべかわちょう》の春秋堂《しゅんじゅうどう》の一家と、宮戸屋の一家が食事の席を持つことになっている。すでに二人の顔合わせは終わっているので、実質的には信吾と波乃《なみの》の見合いの席であった。

そして九分九厘、春秋堂からは二人をいっしょにさせたいとの話があるはずだ。それだけではない。両親や祖母も、波乃ならと乗り気なのである。

信吾がそれを受けられないかというと、決してそうではない。一度、会っただけで話した訳ではないが、強く惹《ひ》かれるものがあったし、波乃とならうまくやっていけそうな予感はある。日が経《た》つにつれて、その思いは強くなっていたものの、いつもかならず、抜け落ちる記憶のことにいき着いて、それ以上進まないのである。

波乃は信吾の欠陥を知らない。

いっしょになるのであればそれを明かさなければならないが、いつ知らせればいいのだろうか。

夫婦になると決まった段階で打ち明ければ、相手はなぜそれまで黙っていたのかと怒って破談になるか、それを承知して夫婦になるか、そのどちらかだ。前者なら仕方がないが、後者だと後ろめたさに生涯付き纏《まと》われることになるだろう。

であれば食事会の冒頭で打ち明ければ、問題は解決するだろうか。

春秋堂の対応はいくつか考えられる。

まず信じた場合だが、そのような事情であればこの話はなかったことにしていただきたい、となるかもしれない。それを承知の上でいっしょにさせたいとなる可能性も、まるっきりない訳ではない。

信じないということも考えられるが、その場合、春秋堂はこのように受け取ると思われる。

宮戸屋としては断りたいのだが、これまでの両家の付きあいと今後のこともあるので、春秋堂に傷を負わせぬようにとの配慮ではないだろうか。となればなにもなかったことにして白紙にもどすしかない。だが春秋堂にすれば、なぜもっと早く打ち明けてくれなかったのかと、痼《しこ》りが残るはずである。

いかなる事情があろうと信吾といっしょになりたいと、波乃が訴えたとしよう。その熱意に絆《ほだ》された両親が、病のことは承知なので考え直してくれないかと言ってくれれば、宮戸屋としては断る理由がない。

もっともそんなことがあるのは、物語の中だけだろう。

事は簡単ではなかった。

なぜなら両親は、信吾の病を知られたくないのである。この先、正吾の嫁取りを控えているとなれば当然かもしれない。となると正直に打ち明けるためには、家族の承諾を得なければならないが、説得は簡単にいきそうになかった。

信吾の発病は、宮戸屋の家族に流れている血には関係ない突発的なもののはずだ。だがそれはこちらの言い分であって、信吾が大病を患ったということは、そうなる可能性が血に流れているからだと思われても仕方ない。いや、それが世間の人の考えることではないだろうか。

「信吾はどう思うておるのだ」

それが決まっていないのである。

宮戸屋の立場からも考えなければならない。だがなによりも考慮しなければならないのは、波乃のことである。するとその背後にある春秋堂のことも無視できない。

「信吾、つまり、てまえはどうしたいのか、ですよね」

「ハハハハハ」と巌哲は豪傑笑いをしたが、すぐに真顔にもどった。「それが一番であろうが」

「ですよね。そうですよね。あれッ」と、思わず信吾は額に手を当てた。「てまえは自分の家族や相手方のことばかり考えて、自分自身のことをすっかり忘れていました」

またしても巌哲は笑った。それも腹を抱えてである。

「それでこそ信吾だ。ほかのだれにそんな台詞《せりふ》が吐ける。自分自身のことをすっかり忘れていました、だからな。信吾ならでは、だ」

信吾の戸惑い顔を見て、巌哲はさらに笑いを強めた。それも心の底からの愉快でならないという笑いで、見ていた信吾も、ついいっしょになって笑ってしまった。

信吾は巌哲の笑いに接したことがないではないが、これほどの笑いは見ていない。でありながら、いや、だからかもしれないが、なぜか共鳴できたのである。琴瑟相和《きんしつあいわ》すという感覚に近かったのだろうか。

笑っているうちに心は決まった。悩んだり考えたりするのが、意味を成さないことがわかったのだ。

「そのときになれば、最初にちゃんと話すようにします」

「それがよかろう。ごまかしは利かんぞ」

「自分をごまかしては、生きる意味がありません」

「そうムキになるな。力むと肩に力が入ってしまう。もっと気楽に考えろ」

と言われて、簡単にできるものでもないのだ。

二

「甚兵衛さんに、家賃を払うことにしたそうだね」

将棋大会をぶじに終えたので一息吐《つ》いただろうから、久し振りに家族でそろって食事をしようと、信吾は母の繁に呼ばれた。

この日は通い女中の峰《みね》に、夕食の支度はしなくていいと伝えておいた。常吉は宮戸屋で、ほかの奉公人といっしょに食べることになるからだ。

春秋堂の一家との食事に関する話だろう、と信吾は思っていた。ところが父の正右衛門が家賃の話を切り出したのである。

「ずっと気になっていましたが、ようやく見通しがつくようになりましたので。それより一年分の家賃を前払いしていただいていたそうで、すみませんでした」

「浅草の駒形に家を借りていながら、いくら甚兵衛さんの好意とは言え、タダでという訳にはいきませんからね」

信吾は「よろず相談屋」を開きたかったが、それだけではやっていけそうにないので、生活のため将棋会所を併設するつもりでいた。すると甚兵衛が、ちょうど持ち家が空いたので貸してあげますよと言ってくれた。将棋会所を開くのが夢だったが年齢的にきついので、自分の代わりに席亭をやってくれるなら家賃は不要ですとのことであった。

信吾は将棋会所で日銭を得ながら、相談屋が軌道に乗るまではなんとか凌《しの》ごうと思っていた。ところが予定より早く相談屋の仕事が金になり始めたので、ふた月ほどまえに、来月から家賃を払いますと甚兵衛に伝えたのである。

そのときになって、信吾が相談屋と将棋会所を始めてほどなく、正右衛門が一年分の家賃を前払いしていたとわかったのだ。

一年が経ったので、正右衛門が甚兵衛に次の一年分をと言ったら、信吾が二年目からは毎月払うことになったと知ったのだろう。

「でもね」と、繁が言った。「信吾が自分から家賃の話を持ち出したと知って、ホッとしましたよ。気付かないなら、それとも好意に甘える気でいるなら、言わなきゃならないと思っていましたから」

「一年近く一人でやってきたのだから、少しは大人になったということだ」

「そうですよね。いつまでも子供扱いしていては、本人のためになりませんもの。ところで信吾」

そらきたぞ、と信吾は少し身構えた。年が明けたら、春秋堂と宮戸屋の会食が待っているのだ。

ところが繁は意外なことを言った。

「おまえにお座敷が掛かってね」

となると春秋堂とは別件ということになる。

「売れっ子は辛《つら》いなあ」

「馬鹿言ってんじゃありませんよ。母さんは気が重いのだけど、お武家さまからたっての願いなの。なんとか断ろうとしたけれど、押し切られてしまって」

相手がお武家となれば、信吾としては茶々を入れたくなる。

「どこかの若さま絡みじゃないでしょうね」

正室と側室の子を巡る後嗣絡みのお家騒動に、巻きこまれたことがあった。前金十両とはべつに謝礼として百両という大金を得たが、一つまちがえば命を落としていたかもしれないのである。

「なにしろ、皆さんがぜひにとおっしゃるものだからね」

「皆さんって、一人じゃないの」

「皆さんってからには」と言ったのは、母ではなく祖母の咲江《さきえ》だった。「一人でないのは子供でもわかるでしょ」

「安心なさい」と、母が言った。「四十七人もいないし、山鹿《やまが》流の陣太鼓には無縁ですからね」

「わたしは高師直《こうのもろのう》じゃありませんから、陣太鼓を叩《たた》かれてはたまったものじゃない。それにしても、一人より多く四十七人より少ないでは、見当も付かないじゃありませんか」

「七名さまですが、皆さまのご都合が付くのはたった一日なの」

「まるで七福神ですね」

混ぜ返したが繁は無視した。

「なにしろ年末から年始にかけては、どなたもご予定がびっしりで、正月だと十一日だけしかそろわないらしいのね。師走に入って間もなく、よろず相談屋の信吾とやらの話を聞かずばなるまい、となったらしいのだけど」

「ということは瓦版絡みでしょうか」

「はっきりはおっしゃらなかったけど、おそらくそうでしょうね」

「お武家にも、そんな野次馬がいるとは驚きです」

「お大名家の江戸御留守居役さまたちです」

「だったら納得です。御留守居役さまが七名そろってとなると、野次馬の群みたいなもんですからね」

「なんてことを言うのです」

江戸留守居役は藩主が国許《くにもと》にあれば藩邸の守護にあたり、在府中は御城使として江戸城中の蘇鉄《そてつ》の間に詰めている。幕閣の動静の把握、幕府から示されるさまざまな法令の入手や解釈、幕府に提出する上書の作成をおこなうのが主な役目である。

また老中との調整役であり、他藩の留守居役と情報交換をおこなう折衝役でもあった。遊廓《ゆうかく》や料亭が情報の遣り取りの場とされたため、江戸で五指に入る浅草の会席、即席料理の宮戸屋はよく利用される。

味が一流ということもあるが、宮戸屋の南西の方角、つまり神田川の北側、新堀川の西側には大名家の上屋敷や中屋敷が集まっていた。立地もよかったのである。

江戸留守居役は藩を背負っているという意識が強い上に見栄もあって、藩の財政を無視せざるを得ないことが多い。そのため財政難に苦しむ藩の国許や勘定方からは、怨嗟《えんさ》の目で見られていた。

それはともかく、宮戸屋にとっては金払いのいい、上々のお得意さまである。なんとか断ろうとしたけれどと母は言ったが、できる訳がない。信吾の手前そう言ったのはわかっていた。

横から祖母が説明した。

「御留守居役は世情に通じておらねば務まらぬ、などとおっしゃるけど、ともかくどんなことにも興味を示してね。信吾が言ったけれど、まさに野次馬なの。だから覚悟しときなさい。根掘り葉掘り訊かれるに決まってるのだから」

「なにを訊かれたって、こちらはわかってることを正直に答えるだけです」

「信吾のことだから怒らせたりはしないだろうが」と、父が言った。「あの方たちは常に腹の探りあいをしているためか、喜怒哀楽という人間らしさを顔に出すことがない。なにを考えているのかわからないから、くれぐれも注意するようにな」

「かと言って、おもしろおかしくもできませんからね」

「なぜだい」と、祖母が訊いた。「役目上なにかと気を遣うからだろうけど、人一倍楽しみを求めていますよ。つまらないことにもよく笑うわね。だからこの際、目一杯笑わせてみたらどうだろう」

「そういう海千山千に小細工は効きません。ありのままを出すしかないと思いますよ」

「なるべく控え目にね」と言うと、母はさり気なく本題に入った。「御留守居役さんたちはなんとかなるでしょうけど、波乃さんのことはどうなの、信吾。春秋堂さんから、そろそろ日にちを言ってくるころですよ」

　そら、おいでなすった、と口に出掛かった言葉を呑《の》みこんだ。

「どうと言われてもね、そのときにならなければなんとも言えないでしょう」

「それはこのまえ話しました。波乃さんだって、ももさんとおっしゃる人とおなじじゃないかって、信吾は言ったわね」

「だから、会ってみるまで保留にしたのではないですか。わたしはそう思っていましたけど。あッ、それよりたいへんなことに気付いたんですけどね」

「信吾の手に負えない相談事でも、持ちこまれたというのかね」と、父が言った。「よろずず相談屋は、どんな相談にも応じますと謳《うた》っている。つまり取《と》り敢《あ》えず話は聞きましょう、ということで、いかなる相談でも引き受けますという訳ではないのだろう」

「春秋堂さんの件なんですけど」

「そのことを話していたのではありませんか、母さんは」

「母さんも祖母《おばあ》さまも、波乃さんとの見合いの席だとおっしゃいましたね」

今さらなにを言うのだという顔になったが、二人ともおおきくうなずいた。

「春秋堂さんから縁談の申し入れがあったら、受けるつもりですか」

「信吾さえいいならね。またとない良縁だと思いますよ」

「わたしの病気の話は、いつ打ち明けるつもりですか」

父と母、そして祖母は何度も顔を見あわせた。どうやらその件についての具体的な話はしていない、あるいは深く考えたことはないようだ。

「だって治ったのでしょう」と無邪気に言ったのは、弟の正吾だった。「兄さんは元気そのものだもの。なんともないどころか、風邪ひとつ引かないじゃないですか」

「見た目はそうかもしれないが、たまにだけど、自分のしたことや言ったことを忘れる、いや憶《おぼ》えていないことがあるんだよ」

「そんなこと、だれにだってあります。わたしだってうっかり忘れて、父さんや母さんにしょっちゅう叱られてますよ」

「そういう度忘れじゃなくて、完全に抜け落ちてしまうことがあるんだよ、たまにだけどね。これまでは特に問題は起きなかったけれど、いっしょになってからそんなことになったら、波乃さんを不幸にしかねない。取り返しのつかないことに、なるかもしれないのだから」

「なにも、わざわざ言うことはないのではなかろうか」と、父がいくらか慎重な口調で言った。「それにかならず起きると決まった訳ではないし、このあとは起きないことも考えられる。それなのに、かもしれない程度で打ち明けたりしたら、却《かえ》って波乃さんを不安にさせるだけだと思う」

「そうですよ。これまでだって問題は起きてないし、笑い話ですんだじゃないの。これからだって、なんとかなりますよ」

　母の言葉に祖母もおおきくうなずいた。

「なにかが起きてから話しても、いいのではないの。それに波乃さんが、信吾をこの人だと決めていっしょになったのなら、自分のことだと思って受け止めてくれるはずでしよ」

「わたしは、頬被《ほおかぶ》りしていっしょになるような真似《まね》は、したくないのです」

そう言ったものの、家族を説得するのはかなり困難だと信吾は思い始めた。

「最初に話したら、本人の波乃さんはいいと言っても、親御さんが承知せずに、この話はなかったことにしてくれと言ってくるかもしれませんよ。それでいいの、信吾は」

「仕方ないじゃありませんか。いっしょになる以上は、波乃さんに幸せになってもらいたいし、そんな厄介を抱えてる人はご免だと言われたら、諦めるしかありませんから」

「お聞き、信吾」と、祖母が強い口調で言った。「若いころはね、思い詰めて自分を追いこんでしまうものなのですよ。そのことしか考えられないし、それも極端なこと、最悪のことをね。明日、おおきな地揺れがあるかもしれない。でなければ火事。明暦《めいれき》の振袖火事や明和《めいわ》の行人坂《ぎょうにんざか》の火事のように、江戸中が火の海になって焼き出され、一文無しになるかもしれない。盗賊の一味に押しこまれ、一家皆殺しにされるかもしれない。かもしれない、かもしれない、かもしれない、かもしれない。だからって、そんな心配ばかりしてちゃ、生きていられないでしょ」

「祖母さまは極端ですよ」

「昔、唐土《もろこし》の」

「父さんも、祖母さまに負けずに極端なんだから」と、信吾は噴き出しそうになった。

「親子の血は争えませんね」

正右衛門は素知らぬ顔で続けた。

「杞《き》の国に、天が落ちやしないか、地が崩れたらどうしようと憂えて、夜も寝られず食事もできぬ人がおったそうだ」

「だから極端だと」

「なにが極端なものか。信吾の言ってることは、杞の国の人の憂いと五十歩百歩なのに、自分で気付いていないのだ」

「母さんもそう思います。なにも心配することはありませんよ、信吾」

「安請け合いしないでください」

「巌哲和尚さまがおっしゃったでしょ。信吾は稀に見る運の強い子だって。だからこれまでだって、うっかり忘れてました程度の、笑い話ですむような些細《ささい》なことしか起きてないじゃないの」

その巌哲和尚に、もしいっしょになりたい人が現れたなら、最初にちゃんと病気のことを話しますと、信吾は約束したのである。

「だからって、これからもそうとはかぎらない。ここぞという大事な場面で、起きるかもしれませんからね」

「それが杞憂だと言っているのです」

このままではどこまで行っても平行線だと思ったので、信吾は巌哲和尚と話しながら、そしてそのあとで考えたことについて話すことにした。

自分としては最初に、自分の欠陥を正直に打ち明けてから、すべてを始めたいこと。その場合の相手方、つまり春秋堂の反応の考えられるいくつかについて、である。

信吾としては、波乃および両親の善次郎《ぜんじろう》とヨネが、そのような致命的と言っていい欠陥があるのを承知で、前向きに考えてくれるのなら話に応じるが、少しでも不安や不満をお持ちなら、白紙にもどしてもらってもいいとの思いを伝えたい。いや、それが前提条件だと言ったのである。

両親や祖母は、信吾がそこまで頑固に言い張るとは思っていなかったようだ。しばらく沈黙が支配した。正右衛門、繁、そして咲江が目顔で遣り取りすることもなかった。

かなり間を置いてから父が言った。

「信吾がそこまで考えているとは思わなかったが、自分の生涯のことであれば当然だろうな。しかしことは信吾だけ、信吾と波乃さんだけに納まらない。春秋堂さんのこともあれば、宮戸屋のこともある。すべてを満足させることはむりとしても、なるべくだれもが不満を残さぬようにせねばならん。となると、今ここで結論を出すべきではない。幸いまだ多少の余裕はある。銘々がもう一度よく考えてから、改めて話しあったほうがいいと思うのだが」

だれもがおおきくうなずいたのは、現時点ではそれが最良だと判断したからだろう。

あとは差し障りのない雑談に終始し、信吾はもう少し奉公人たちと話していたそうな常吉を連れて、黒船町《くろふねちょう》の「駒形」にもどった。

「旦那さま」と、いつになく緊張した声で常吉が言った。「お嫁さんの話が進んでいるそうですけど」

早くも、奉公人のあいだで憶測が始まったらしい。具体的なことはなに一つわからなくても、なんとなく気配を感じるのだろう。

瓦版に出てからというもの、それらしき打診が数多くあることは母の繁も言っていた。信吾に直接そのような話はなかったが、将棋大会でたいへんなのを知っているからで、終わればあるはずだというのが母の判断であった。

そしてたしかに、終わるのを待っていたとばかり、いくつもの話が持ちこまれてはいたのである。まだまだ考えられませんよと逃げていたが、どなたもそうおっしゃいます、などとだれも簡単には退《ひ》きさがらない。

どうやら親のほうで進めている話があるようなのですが、と言うと、これは思ったより効果があった。それでも人を通じて、次々と話は持ちこまれていた。

宮戸屋のほうには信吾に対するよりも多いだろうから、奉公人たちが気付いて当然だ。

うだ。

「だれが言ったのだ」

訊かれて答えられるものではなく、常吉はもごもごと口籠るだけである。

「噂《うわさ》なんぞに振り廻されると、いい商人になれんぞ」

珍しく高圧的な言い方になったからだろう、常吉はなにも言うことができなかったよ

三

新玉《あらたま》の新春四日は、将棋会所「駒形」の初日である。

もっとゆっくりしてもよかったのだが、将棋大会が正月中に及ぶだろうと思っていたので、暮の三日と新年の三日、都合六日のみを休みとしたのであった。ところが参加者の反応を見ながら不戦敗を採り入れたため、年内で、それも二十日の優勝決定戦で終えることができた。

この日は、席料を取らないように常吉に言っておいた。もっとも顔を見せるのは常連が主なので、月極《つきぎ》めで前払いしている人がほとんどであった。

常吉が手入れした将棋盤と駒は、いつもなら座蒲団《ざぶとん》を向かいあわせにして、そのあいだに置くのだが、壁際に並べてある。さすがに会所開きの日から指す人は、少ないだろ

うと思ったからだ。

五ツ（午前八時）にはまだ間がある時刻に、お節料理を詰めた折を祖母の咲江が届けてくれた。

「いただき物が多くて食べきれないから」

そう言って、菓子や饅頭《まんじゆう》、各地の土産物なども持参したのである。自分一人で持ち切れないので、小僧の一人を供にしていたが、二人が両手に提げて来たのでかなりの量になった。

客の中にも持ちこんだ人がいたので、それも盆に盛って出した。

暮れには宮戸屋から新年用にと下り酒が届けられていたが、呑兵衛《のんべえ》の客の中には徳利を提げてやって来た者もいた。すでに聞こし召して、赤い顔をした者もいたほどだ。

そのため座敷にはあちこちに、茶と湯呑茶碗《ゆのみぢやわん》、酒と盃、菓子類や酒の肴《さかな》の盆が置かれていたのである。

新顔が御入来《ごにゆうらい》のたびに新年の挨拶が交わされ、そのうち何箇所かで車座になって雑談が始まる。

この日の客のほとんどは常連であったが、旧臘《きゆうろう》の将棋大会に出て「駒形」を知った者も何人かいた。

話題は将棋大会に集中する。十歳の女児ハツの健闘や、ビラで大会のことを知って参加した太郎次郎《たろうじろう》たちなど、話題には事欠かない。

だがどうしても、決勝戦にもつれこんだ甚兵衛と桝屋良作《ますやりようさく》の勝負が最大の話題になった。なにしろ本番では甚兵衛が桝屋に勝ちながら、成績がともに一敗となったので、決まりによって決定戦となり、桝屋が優勝をものにしたのである。

常連の中には二人の指し手を憶えている者がいて、記憶でそれを辿《たど》りながら解説を始めた。ところが半月近くまえのことなので、途中から怪しくなってしまった。

であればと、将棋盤を壁際から引き出して駒を並べたが、自然に客たちが取り囲むことになる。どうせなら二人に指してもらおうということで、甚兵衛と桝屋が無理やり座蒲団に坐《すわ》らされた。

二人が乗り気でないのは明らかであった。甚兵衛は自分の敗戦の跡を回顧することで、口惜《くや》しい思いを再度味わわねばならない。性格がおだやかで万事に控え目な桝屋にすれば、甚兵衛に対する申し訳なさがあるからだろう。

ところが検討が始まると、一手ごとにだれかが、あるいは何人もが意見を述べるので、次第に熱を帯びてきた。

「おっと、そんな手がありましたか」

「まさに傍目八目《おかめはちもく》ですな」

さらには具体的な指し手を示す者もいる。

「そこだけど、角の頭に歩を打たれたなら、角を逃げずに金で歩を取ったらどうだい」

「そりゃだめだよ。ひと駒離して香車《きようしや》を打てば、歩の合駒《あいごま》が二歩になるので利かない」

「団子の串刺しとなってしまうのか」

などと、大向こうがうるさいのはいつものことだ。

初めは渋々という感じで指していた甚兵衛と桝屋だが、時間が経つにつれ次第に熱を帯びてきた。可能性がいくらもあり、なぜあのときにと口惜しがりもした。

その日は、ハツをはじめ若年組は一人も来ていなかったが、できれば信吾は連中に見せてやりたかった。優勝を争った二人の棋士、次々と思い付く妙手、それを取り巻く人たちの興奮振りを見たら、将棋のさらなる魅力に取《と》り憑《つ》かれたにちがいないからだ。

将棋が人を虜《とりこ》にする魅力に溢《あふ》れた、奥深い娯楽、いやそれを遥《はる》かに超えた味わいを秘めていることを、目で、耳で、肌で感じることができたはずである。

将棋好きばかりなので盛りあがりは簡単には収まりそうになかったが、だれかがしみじみとつぶやいた。

「となりますと、甚兵衛さんは口惜しいですな。優勝は桝屋さんに攫《さら》われたが、本番では甚兵衛さんが勝っている。決定戦で敗れはしたものの、一勝一敗だから対等の実力ですものね」

「それなのに優勝と準優勝」

「だけじゃなくて三両と二両と、一両もの差が開いた。これは口惜しいですよ」

「あの夜は口惜し泣きしたんじゃありませんか、甚兵衛さん」

全員に見られて甚兵衛は苦笑したが、すぐに真顔にもどった。

「いえね、今回、第一回の大会をぶじに終えることができた訳ですが」と、しばし間を取ってから続けた。「それがきっかけになって、ここしばらくの出来事を振り返ってみたのですよ。そこで思い知らされたのは、席亭さんがいかに凄《すご》い指し手かということでした」

思いもしない飛び火に、信吾は目を丸くした。客たちも甚兵衛がなにを言いたいのかわからないので、信吾との顔を見較べる。

「ご存じの方もいらっしゃるでしょうが、向島《むこうじま》の寺島《てらじま》に豊島屋《としまや》の寮がありましてね。月に何度か席亭さんに、当時は宮戸屋の信吾さんでしたが、将棋を指しに来ていただいていたのですよ。そのころは、何番かに一番は勝たせてもらっておりました。今にして思うと、まさに勝たせてもらっていたのです」

甚兵衛は負けず嫌いで、勝てないともう一番もう一番と粘って帰してくれない。陽《ひ》が落ちても帰らないと母が心配するので、手を抜くというのではないが、どうしても手が緩くならざるを得なかったのだ。

豊島屋は両親が営む宮戸屋の上得意であったし、甚兵衛は魅力的な人物である。

芝居や書画骨董《こっとう》に詳しいだけでなく、大の本好きでもあった。評判になっている戯作《げさく》本《ぼん》はもちろんとして、わが国や唐土のいわゆる古典と言われる作品についても実に良く知っていて、問えば大抵のことに即座に答えてくれた。

将棋の「でしたらもう一番」さえなかったら、これほど好い人物はいないだろう。もちろん信吾も将棋好きである。好きなだけでなく強かったので、それが将棋会所「駒形」の開所に繋がったということだ。

「皆さん、ご覧ください」

そう言って甚兵衛は壁の料金表を示した。

席　料　二十文
指南料　二十文
対局料　五十文

「驚かされるのは対局料の安さですが、それよりも断り書きが憎いではありませんか」

料金表の横に、ちいさな字で次のように書かれている。

席亭がお相手いたします

負けたらいただきません

「対局料を払う人ばかりで、払わなかった人は一人もおりません。ですよね、席亭さん」

「ええ、今のところは」

「これからも出ないでしょうな。てまえは、会所ができて間もなくでしたが、何人かの方がまるで席亭さんに歯が立たないのを見まして、こう思ったのですよ。対局料を払わずにすんだ、第一号になってやろうとね」

今にして思えばなんとも大胆不敵だった、と甚兵衛は述懐した。

なにしろ席亭との対局料を賭けての勝負である。常連たちが取り囲んで観戦するので、力が入って当然だ。

「ほとんどの方がご存じでしょうが、てまえの負けでした」

「どちらが勝ってもおかしくない、とても厳しい勝負でしたね」と、信吾は思い出しながら言った。「会所を開いたばかりでしたので、必死でしたよ。席亭が負けたら、お客さまが馬鹿にして来てくれなくなりますからね。ともかく辛勝で、へとへとになりましたから」

「あのときも席亭さんはそうおっしゃった。てまえも僅差で敗れたと思っていましたので、ならばもう一番と挑んだのですが」

信吾は力を出し切って余力がないので、明日にしていただけるとありがたいと弱気な顔で言った。であれば明日、明後日と三番勝負でと、甚兵衛は条件を出したのである。連勝すれば逆転だし、当然そのつもりでいた。

常連たちのまえで逃げる訳にいかず、信吾は受けたのである。

その二番もわずかな差で信吾が勝ち、三番勝負を制すことができた。

「どの勝負も紙一重だと、てまえには思えたのです。席亭さんは若いのになかなかの役者でしてね、死に物狂いでした、何度投げようと思ったことか、疲労困憊《こんぱい》です、などと勝つたびに弱音を吐いたのです」

甚兵衛は相手の戦法もある程度は読めたし、次は勝てるはずだと五番勝負を挑んだ。それも流れ一つでというほど際どい勝負で、結局は七番勝負にもつれこんだのである。

「結果は全敗です」

「ですが、僅差でした」

信吾がそういうと、甚兵衛はおおきく首を横に振った。

「見た目はそうかもしれませんが、実際は大差でしてね」と、甚兵衛は常連たちをゆっくりと見渡した。「てまえにはわかったのです。真に強い人は、他を圧して強いのではない。わずかな差で凌ぎ切る人なのだ。辛うじて勝ちながら、どんな局面に追いこまれても、まず負けない人なんだ、とね」

「甚兵衛さん、いくらなんでも持ちあげすぎですよ」

信吾は照れながら打ち消した。

四

「そうじゃありませんて」と、常連の源八《げんぱち》が言った。「ここが特に大事なんですがね。自分に辛うじて七連勝したはずの席亭さんが圧倒的に強い人でなきゃ、甚兵衛さんの強さが霞《かす》んでしまう」

「失礼なことを言うものではありませんよ、源八さん。甚兵衛さんはあちこちの将棋大会で、何度も優勝されています。それだけにおっしゃることに重みがある」

素七《そしち》がおだやかに窘《たしな》めると、物識《ものし》りだと自認している島造《しまぞう》が皮肉った。

「十歳の女の子に負けたにしちゃ、凄いことを言いますな、源八さんは」

小間物屋のご隠居平吉《へいきち》が、すかさず追い討ちを掛けた。

「さすが髪結の亭主ですよ」

源八はハツに負けたことだけでなく、髪結の亭主を持ち出されてすっかり鼻白《はなじろ》んでしまった。

「となりますと、このあとおもしろいことになりますよ」

五十一歳になったが皺《しわ》だらけで古稀《こき》の老爺《ろうや》に見えなくもない素七が、意味ありげに言うと、楽隠居の三五郎《さんごろう》が訊いた。

「駒形がですかい、それとも席亭さんがですかね」

素七は三五郎を無視して続けた。

「浅草は駒形に、まだ若いがとんでもなく強い将棋指しがいる、との噂が広まると、江戸中の、いえ、国中の腕自慢が次々と勝負を挑んできます。だから席亭さん」

「はい、なんでしょう」

信吾が訊くと、素七は壁の料金表を指差した。

「五十文なんてケチなことを言わないで、対局料をあげたらいかがです」

「あげるのですか。ですが、いかほどに」

信吾の問いに答えたのは素七ではなく、御家人崩れと噂されている権三郎《ごんざぶろう》であった。

「百両だな」

その場の人たちは二重に驚いた。いつも無口で不愛想な権三郎が会話に加わったこともだが、その額に度肝を抜かれたのだ。

当時の換算では一両が六千五百文見当であったから、対局料五十文の百三十倍となる。百両だと一万三千倍の計算だから、とんでもない額だ。

信吾は思わず権三郎を見た。

「百両、でございますか」

「さよう。百両だ。一朱とか一分などという端金《はしたがね》では話にならん。それにだな」と、壁に向かって顎をしゃくった。「席亭がお相手いたします、負けたらいただきません、というのもやめるがよい」

「と申されますと」

「負けたらいただきません、では、相手は勝っても対局料を払わずにすむだけのことだ。それでは張りあいがなかろう。ゆえに、負けたらお支払いいたします、と変える。あんなちいさな添え書きでなく、対局料とおなじおおきさで、しかも朱記すれば目立つ。どうせ負けぬのだから、派手に挑発したほうが、効果があるからな」

「たしかに、おっしゃるとおりですね」

だれかが言ったが、権三郎は関係ないという顔で続けた。

「腕自慢が国中から、目の色を変えて参集するぞ。評判が評判を呼んで次々と挑戦者がやって来るが、一人百両だから十人で千両が儲かる計算だな。千両分限《ぶげん》で家が建つ」

冗談か場を盛りあげるために大風呂敷を拡《ひろ》げたのだと思ったが、権三郎が真剣な顔をしているだけに無気味であった。

「連戦連勝なら笑いが止まらないでしょうが、負けた場合は権三郎さまが百両を出してくださるのでしょうか」

信吾がそう言うと、あちこちで笑いが起きた。しかし権三郎は平然としている。

「わしは軍師ゆえ、作戦を練って教示するのが役目だ。勝った折の報酬は五割と言いたきところなれど、馴染《なじ》みゆえ三割、いや二割五分にしてやろう。儲《もう》けた金の四分の一であるから、それなら双方の納得がいくのではないか」

「それじゃ、賭け将棋ではありませんか」

「やらぬのか」

「はい、てまえは致しません。お客さまにもなるべくなさらぬようにと」

権三郎はニヤリと笑った。

「今を去ること八月《やつき》か九月《ここのつき》になるかの、花の季節だと記憶しておるのだが」

まだ将棋会所「駒形」を開いて間もない、桜の花盛りのことである。

佐助《さすけ》と名乗る男が、元旅籠町《もとはたごちよう》の質屋近江屋《おうみや》の三男坊太三郎《たさぶろう》を、巧みに賭け将棋に誘いこんだことがあった。一朱から始めて倍々と額を増やし、弾みで五両の金を賭けたとき、信吾が割って入ってなんとか勝負をナシにした。

それに懲りた太三郎は、まじめに家業に取り組むことになった。信吾は父親に感謝され、息子が騙し取られるはずだった五両を相談料の名目で渡された。息子を立ち直らせてくれたのだから、親にすればわずかな謝礼ということだろう。

「ほほう、思い出したようであるな」

一年にならないのだ。忘れる訳がないではないか。

「あれは、ご常連がインチキ賭け将棋に誘いこまれましたので、なんとか阻止いたしました。ですが、お客さま同士が納得の上なさるのでしたら、てまえには止めることまではできません」

「客同士の賭け将棋を認めながら、客が挑んできても受けぬというのでは、筋が通らぬのではないか」

「お客さまはなさっても、てまえは賭け将棋は致さないことに」

「客に挑まれながら席亭が受けねば、臆したことになるのだぞ。それでは席亭としての顔が立つまい」

「いえ、挑まれたらお受けしますが、自分は決して賭け将棋はしないと決めていますので、席料に少し上乗せした五十文の対局料でお相手しているのです。ですので千両分限には魅力がありますが」

「千両分限に心を動かされたと言うたが、それが本音ということだ。甚兵衛どのの話によれば、席亭どのはよもや負けはすまい。商人とすれば、みすみす千両を捨てるようなことはせぬであろうな」

「ですからてまえは、自分なりの筋は通したいと。それに商いは弟に任せ、将棋会所とよろず相談屋を始めましたので、てまえは商人の埒《らち》の外にあります。まじめな商人とおなじ扱いを受けましては、その方たちがお気の毒でございますから」

権三郎は口許を歪《ゆが》めてなにか言おうとしたが、一瞬早く声が滑りこんだ。

「権三郎さま」

おだやかに話し掛けたのは甚兵衛である。隠居はしていても長年豊島屋の旦那として腕を揮《ふる》ってきただけあって、話し掛ける頃合いを承知しているようだ。

「どこの将棋会所にも碁会所にも、そこに特有の持ち味、風《ふう》というものがございます。こちらの会所は席亭さんがお若いこともございますが、清廉《せいれん》さを持ち味としていますのですよ。若年組と申して、十代半ば以下の子供が急に増えましたのも、親御さんが席亭さんの気風《きっぷ》を気に入られ、安心して任せられると思われたからでございましょう」

周りの客たちがおおきくうなずいたので、権三郎は苦笑すると酒の入った湯呑茶碗に手を伸ばした。

「むりを申しておるのではないのだ。なかなか立派な心構えのようなので、本物かどうか試してみたまでで、他意はない」

「ありがとうございます。それではご酒《しゅ》をお召しくださいませ」

さすが甚兵衛さんだと信吾が感心していると、どやどやと乱れた足取りでやって来た者たちがいた。岡っ引の権六《ごんろく》親分と三人の子分である。

「親分さんとみなさん、あけましておめでとうございます。本年もどうかよろしくお願い致します」

　信吾が挨拶すると、客たちが一斉に頭をさげて挨拶した。

「こっちこそ、よろしく頼まあ。信吾んとこには、なぜか人が集まると以前から思っておったが、それにしても盛況だな。正月早々に開けたって二日酔いの何人かがぼんやりと、欠伸《あくび》を嚙《か》み殺してるだろうと思っていたんだが」

「それより、軽く咽喉《のど》を潤してくださいよ。常吉」

「へーい」

　との声とともに常吉が、湯吞茶碗を載せた盆を持って現れた。茶碗を取って信吾は権六に、さらに手下たちに手渡した。

「親分さんは、けっこういける口でございましょう」

「そのことだがな、信吾。好きなだけお飲みくださいと、一升徳利を目のまえに据えられてもだ。いくら頑張ったところで、いいとこ湯吞に一杯か二杯」

「まさか。親分さんは猩　々《しょうじょう》か蟒蛇《うわばみ》が、尻尾《しっぽ》を捲《ま》いて逃げ出しそうな雰囲気でございますよ」

「人を顔だけで判断しちゃならねえ。まあ、最後まで聞け」

　権六は生真面目な顔になり、もったいぶって続けた。

「一升徳利を据えられてもだ、湯呑に一杯か二杯は、……残しちまうんだな。実に情けねえ」

　ドッと笑いが弾《はじ》けた。

　呑み助の紋切り型の冗談だが、その場の連中にとってはそんなことはどうでもいいのである。マムシの異名を持ち、鬼瓦の渾名《あだな》で呼ばれる権六が、馬鹿話を言ったというだけで十分なのだ。

　それに権六親分、まえにも言っておきながら、すっかり忘れていたようである。

　権六たちは、湯呑茶碗に注《つ》がれた酒を飲み切ると、さッと引き揚げた。どうということはないが、岡っ引にすればそれがかれらなりの「かっこよさ」なのかもしれない。

　いずれにせよ、権六たちが顔を見せたお蔭《かげ》で、権三郎のためにいくらかギクシャクし始めていた「駒形」の雰囲気は、正常にもどったのであった。ともかく新しい年が動き始めたのである。

　おだやかな一年になってもらいたいものだ、と信吾は心より願ったのであった。

五

「正直申しまして驚いております。と申しますのも、瓦版に書かれたことについて、あれこれ語るようにとの話はこれまでにもございましたが」

「武家は初めてということだな」

訊かれた信吾がすなおにうなずくと、一番の年長者らしい揉《も》みあげに白髪の多い男は、一座を見廻してから言った。背中が一枚板でできているかと思うほど姿勢がいい。

「聞いたであろう。やはりわしらが初めてではないか。まともな武家は、瓦版なんぞに興味を持たぬものなのだ」

「であるが、女子供が騒ぐでな。取り敢えずどんなものであろうかと」

八の字眉なので好人物に見える中年の武士が言った。

なんらかの方法で瓦版を手に入れた男の妻女か娘が、しきりと話題にしたのかもしれない。

それではともかく本人の話を聞いてみようではないか、と一部の反対を押し切って一席設けたということだろうか。そんな面倒な手続きを取らずに、八の字眉が一人で信吾に会えばすむことである。

母の繁によれば、七人の都合が付くのがこの日だけだとのことであった。江戸留守居役には大名家の格式や藩主の親密度、あるいは利害関係によって何組もの集まりができているらしい。

信吾には内部の事情はわからないが、なんらかの理由で単独行動が取りにくいのかもしれなかった。

母の話では、お武家さまからのたっての願いということであったが、七人全員の、ではなさそうだ。

「女子供には、武家に育ちながらも嗜《たしな》みのなき者もおろうゆえ」

一枚板がそこで中断したのは、八の字眉がわずかにではあるが、不快な色を顔に出したからだろう。

信吾はおだやかな笑いを浮かべながら、注意深く七人を観察していた。

母の繋からはほとんどが二十万石から三、四十万石の大名家の、江戸御留守居役たちということしか聞いていない。石高からすれば大大名ということになるが、その留守居役となれば、修羅場を潜《くぐ》り抜けて来た者たちということだ。

七人の名前や風貌、藩の名は当然として、親藩、譜代、外様《とざま》の区別、屋敷の所在地すら母は教えてくれなかった。江戸留守居役の多くは代々が江戸生まれの江戸育ちなので、言葉にお国訛《なま》りもない。

個々に関する些細なことを知っていてもまるで意味がないし、なまじ知識を持っていては却って惑わされることもある。白紙のままで接するのが、一番だと母は判断したのだろう。

どうせ二十歳《はたち》、いや二十一歳になったばかりの若造である。言われたことに正直に、すなおに答えるしかないのだ。

「建前はそうであろうが白眉《はくび》どの、わしらの役目からすれば、どのようなことであろうと知っておいて邪魔になることはない。いつ、どこでなんの役に立つやもしれんしな」

そう言ったのは、喋《しゃべ》り口はやわらかだが眼光の鋭い男であった。四十代の前半という見当だ。

白眉は『三国志《さんごくし》』蜀書《しょくしょ》の「馬良伝《ばりょうでん》」に出てくる。馬氏の五人兄弟はそろって才名が高かったが、最も優れていた四男の馬良には眉に白毛が混じっていたとのことだ。そこから、数ある中で最も優れた人や物を白眉と言う。

どうやら白眉が、一枚板の渾名か通称のようだ。

「御成道《おなりみち》どのは寛大であるな」

いくらか皮肉気味に一枚板が言った。

筋違《すじかい》御門を抜けて神田《かんだ》川を渡り、上野のお山のすぐ南にある下谷《したや》広小路に向かう道が、下谷御成道である。途中までは町家だが、やがて通りの西側に堀《ほり》、酒井《さかい》、黒田《くろだ》、石川《いしかわ》家の各上屋敷が、東側には小笠原《おがさわら》家の中屋敷、鳥居《とりい》家の上屋敷が並んでいる。

とすると眼光の鋭い男は、そのいずれかの大名家の江戸留守居役ということだろう。

留守居役はいつどこでだれに聞かれるかわからないので、仲間内では、自分たちだけにわかる渾名や通称、号などで呼びあっているらしい。

一枚板、いや白眉が続けた。

「たしかに、なにに役立つかは知れたものでない。黄表紙《きびようし》とやらをものした御仁もござるでな。珍譚《ちんたん》、奇譚、怪異譚などをせっせと集めて、書き貯《た》めておる者もいるようだ。この中にも、いないとは言い切れん」

「惚《とぼ》けておられるが、白眉どのこそ秘《ひそ》かに書いておられるのではござらぬか」

一座を笑わしたのは、大店《おおだな》のあるじのような印象の男であった。なかなかの押し出しで貫禄《かんろく》もある。どうやらこの集まりの纏め役のようだ、と信吾は思った。

白眉の言った黄表紙をものした御仁とは、『金々先生栄花夢《きんきんせんせいえいがのゆめ》』で黄表紙を誕生させた恋川春町《こいかわはるまち》や、その親友で『文武二道万石通《ぶんぶにどうまんごくどおし》』で筆禍を招いた朋誠堂喜三二《ほうせいどうきさんじ》のことだろう。春町は駿河小島《するがおじま》藩の、喜三二は秋田の久保田藩の江戸留守居役であった。

喜三二は狂名手柄岡持《てがらのおかもち》で知られた狂歌師で本名を平沢常富《ひらさわつねまさ》、春町の狂名は酒上不埒《さけのうえのふらち》で本名倉橋格《くらはしいたる》である。喜三二は筆禍後、留守居役本来の仕事と狂歌に専念したが、『鸚鵡返文武二道《おうむがえしぶんぶのふたみち》』で筆禍に遭った春町は自刃したとされている。

信吾が将棋会所と相談屋を開いてほどなく出入りするようになった、担ぎの貸本屋が教えてくれたのである。この男、なんとか啓文《けいぶん》の名で戯作者を目指していたらしいが、芽が出なかったので、書肆《しょし》のあるじの勧めに従って担ぎの貸本屋になったとのことだ。そのせいか戯作の世界に詳しかった。

留守居役たちを見廻して、大店のあるじふうの男は続けた。

「ではこの辺で、本来の目的である世を騒がせた瓦版の主役、信吾とやらの話を聞こうではないか」

七人の留守居役たちに見られ、信吾はさすがに緊張した。これまでに話し尽くしたことなので、相手方が関心を持ったことを話すのがいいだろう、くらいにしか思っていなかったのである。

「これまで多くの方になにかと訊かれましたが、瓦版に書かれたことは実によく纏められておりますので、てまえの話すことはほとんどございません」と切ってから、いかにも思い付いたように言った。「あ、あの中に書かれていないことが一つだけありました」

反応はさまざまだが、だれもが関心を示したのがわかる。

「刃物を振り廻すならず者をてまえが退散させたとありましたが、相手が酒に酔っていたことは書かれていませんでした。信吾という若造が、素手で刃物を持ったならず者に立ち向かったからこそ、瓦版を買って読んでいただけるのです。相手が酔って足元をふらつかせ、刃物を取り落とした、というのでは瓦版は売れませんので」

「ということでござる。これ一つ取っても、本人の話を聞いた値打ちがござろう」と言ったのは、八の字眉であった。「で、信吾とやらは、相手が酔っておったことは瓦版書きには話したのであろうな」

「もちろんでございます」

「瓦版の書き手は故意に抜かしたということだな。そのような虚偽の記述がまかり通るのであるか」と、そう言ったのは御成道であった。「取り締まらずに放置しておけば、庶民は瓦版によきように操られることになるぞ」

「それは極論というものだ。すべてが虚偽では、だれも瓦版など買おうとはせぬ。信吾とやら」と、纏め役の男が訊いた。「ならず者が酔っておった事実は書かれておらんが、それ以外は事実であろう」

「はい。全体に誇張されてはいますが、事実と異なることは書かれておりません」

「ということだ、御成道どの。それに、やつらを取り締まることは容易ではないのだよ」

纏め役がそう言ったが御成道は納得しない。

「野放しということか」

「板元、つまり瓦版を出した者の名と、書いた者の名を明らかにし、許可を得ねば出板まかりならぬとのお達しは出ておる」

「守る者がおらぬのだな」

「それに御公儀も、いわゆる幕政の批判でなければ黙認しておるのだ」

「なぜに」

「瓦版は庶民のささやかな楽しみであるからな。そのような細かなことに目くじら立てては、不満が募る。ゆえに放任とは言わぬが、目こぼしをしておるということだ」

一段落するのを待っていたように軽く右手を挙げたのは、七人の中で一番若い男である。おそらく三十歳前後ではないだろうか。

留守居役ともなれば、経験豊富で人の世の表も裏も知り尽くした、若くとも不惑以上の年輩者だろうと思っていたので、信吾は意外な思いがした。

「僧に護身の術を習っておったので、刃物を持ったならず者をあしらうことができたとあったが、瓦版にはそのほうは二十歳とあったな」

「はい。明けて二十一歳となりました」

「何歳の折に、どのようなことが契機で護身術を習うようになったのだ。瓦版には具体的に書かれてはおらなんだが、護身術にもいろいろある。習うことになったきっかけと、なにを学んだかを順に話してくれぬか」

「七歳の齢《とし》でした。使いで檀那寺のご住持を訪ねましたが、お姿が見えません。探しますと、和尚さまは庫裡《くり》の裏手で奇妙なことをしておられました」

「護身術であるな」

「ですが、当時のてまえにはなんだかわかりませんでした。和尚さまは六尺（約一・八メートル）ほどの棒を使って、舞い踊っておられたのです。あまりにも楽しそうなので、新しい踊りだと思い、教えてもらおうと頼んだのですが」

「棒術を鍛錬しておったのだな」

「はい。踊りではなく、刀や鎗《やり》を持たぬ者が身を護《まも》る術で、護身術という、と教えられました。であればぜひ教えていただきたいと」

「七歳から学んでおるのか」

「いいえ。体ができていないので、むりをしてはよくない、二年待て、と言われました」

「その坊主。武芸の心得があるな」

するどい眼光で言ったのは御成道であったが、若手が右手を挙げた。どうやらそれが、意見を述べるときのその男の癖らしい。

「九歳から棒術を習ったということだな。しかし、それだけではあるまい」

「はい。体術を。柔術とも言うそうですが」

「ほかにも学んだであろう」

「なぜに、そのように」

「刃物を持った敵に動じなんだのは、棒術、体術を習《なろ》うただけではないからだと見たが」

「畏れ入ります。十五歳のとき、三人のならず者に襲われたところを、通りがかりのお武家さまに救われたことがありました。その話を和尚さまにしますと、剣術を教えてくだきったのです」

「それみろ、その坊主、やはり武芸の心得があるのだ」

御成道が得意げに言った。実のところは三人組と武家はグルで、目的があって絡んできた狂言であったのだが。

「和尚さまは若いころに町道場で学んだとのことで、初歩的なことですが教えていただきました」

鎖双棍のことは隠し通さねばならない、と信吾は思った。なにしろ江戸留守居役は好奇心が強いので、うっかり話すと止めどなくなってしまうだろう。実物を見たいとか、どのように扱うか実際にやってみろと言うに決まっているのだ。

当然だが巌哲和尚に触れない訳にいかなくなるので、さらなる迷惑を掛けてしまうことになる。

六

「瓦版によれば、信吾とやらは宮戸屋、つまりこの料理屋の長男であるな」

終始黙ったまま聞いていた、どことなく学者を思わせる男がそう訊いた。

「さようでございます」

「でありながら弟に見世を譲り、よろず相談屋と将棋会所を開いたとある。話したくなければ話さずともよいが、なにか仔細《しさい》があると見た」

「てまえは三歳のおりに、三日三晩というもの高熱に苛《さいな》まれ、生死の境を彷徨いましてございます」

「完治しておらぬのか。それとも後遺症に苦しめられることがあるのか」

「いいえ、ありがたいことに病は癒えております」

「解せん。であればなぜに継がなんだ。宮戸屋と言えば、江戸でも五本の指に数えられる老舗料理屋であろう」

抜け落ちる記憶について語ることはできない。信吾は慎重に言葉を選んだ。

「三歳でしたので記憶はございませんが、お医者さまがてまえの両親に、おそらく助かるまいから覚悟するようにと語ったとのことです。ですが奇跡的に生還を、まさに生きて還《かえ》ることができました。お医者さまは両親にこうおっしゃいました。幸運にも命は取り留めることができたが、ただ、生きておるというだけの、つまり廃人となるかもしれぬ。死ななんだだけでよかったと、決してそれ以上を望んではならぬぞ、と」

いつの間にか、留守居役の全員が喰《く》い入るように信吾を見ていた。

学者を思わせる男が言った。

「大病に罹《かか》れば、完治したかに見えても、ときを経てそれが再発することがあると聞いた。許せ、脅かそうというのではない。ただ、そういうことがないともいえぬので、弟に譲ったのかと愚考したのだが。いやな思いをさせたかもしれぬな」

「身に余るありがたいお言葉で、畏れ入ります。もちろん、万が一、病が再発しはすまいか、あるいはのちになって悪い状態になるかもしれぬということも、考えなかった訳ではありません。ですがてまえは、ある閃《ひらめ》きに似たものを感じたのでございます」

　そこで信吾は思わず間を取ったが、自分の話に留守居役たちを引きこもうとの作為ではない。七人の武家に凝視されたために、一瞬だが息が止まったように感じたのである。

「もしかすれば、神さまか仏さまかは存じませんが、なにかおおきな力によって、てまえは生かされたのではないだろうかと思いましてございます」

「その考えが閃いたのは、何歳のころであるか」

「いつと憶えてはいませんが、おそらく十代になってほどなく、そのような考えが芽生えたのだと思います。思いが次第に強まり、明確な形になったのは十九歳でした。となりますと黙ってはいられません。両親と祖母、そして弟に、長い時間を掛けてなんとかわかってもらえました」

「よろず相談屋と将棋会所を開いたのは、いかなる考えからだ。いや、その取りあわせがなんとも奇妙に感じられるのだ」

「おおきな力によって生かされたのは、世のため人のために役立つことをせよ、とのことでないかとてまえは考えましてございます」

困った人の相談に乗って悩みを解消し、不安を取り除いてあげたいと思って「よろず相談屋」を開いたのだと信吾は打ち明けた。とは言っても二十歳の若造なので、相談したところで解決できる訳がないと思われるのが関の山だろう。

地道に実績を積み重ねて信用を得るしかないが、何年かかるかはわからない。そのため日々の費用《かかり》を得るために、日銭の入る将棋会所を開いたのである。

無事一年がすぎて、二年目を迎えられそうになったので記念の将棋大会を開いたところ、ならず者に難癖を付けられたのであった。大会参加者の身になにかあってはならないので、近くの寺の境内で話しあおうとしたら、ならず者が喧嘩を仕掛けてきた。止《や》むを得ず対処したが、瓦版書きがそれを大袈裟に書き立ててしまった。

「と、そういう事情でございますよ」

「いかがでござる」と、鼻を蠢《うごめ》かせたのは八の字眉であった。「徒手空拳で刃物を持った賊を撃退したことは書かれていたが、幼き日の病や、それが治癒したのを天命と感じ、相談屋を開くに至ったことは瓦版には出ておらなんだ。本人に聞いたからこそ、わかったことでござるぞ」

「そう昂《たかぶ》るでない末広《すえひろ》どの」と言ったのは、纏め役らしき男であった。「白眉どのが、まともな武家は瓦版なんぞに興味を持たぬと言ったたには裏があるが」

「裏があるがとは、どういう意味であるか」

韻を踏んだような問いになったことには気付きもしないで、末広と呼ばれた八の字眉は不可解でならぬという顔になった。

末広は八の字眉の姓ではなくて、仲間内の呼び名だな、と信吾は思った。八の字眉を末広がりと洒落《しやれ》たつもりではないだろうか。

「言葉とは裏腹に、白眉どのは瓦版に書かれた信吾という若者に、会いたくてたまらなくなったということだ。自分の口から言う訳にゆかぬので、渋々従う振りをされたのであろう。江戸留守居役ともなると、言葉に裏があって当然なのだ。それを汲《く》み取れぬようでは、有能な留守居役にはなれんぞ」

纏め役がそう言った。

「よしてくれぬか深読みどの。それは臆測というものだ」

白眉が目のまえで手をおおきく振った。となると、纏め役の渾名は「深読み」らしい。

それに対して学者ふうの男が言った。

「深読みどのを責めてはならぬ。なにしろ、深読みで世の中を渡って来た御仁であられるからな」

「などと深読みしては、深読みどのの株を奪うことになるぞ」

そのような遣り取りで場の雰囲気が解《ほぐ》れたからか、以後は矢継ぎ早に質問が続いた。

ところが言い方が堅苦しくはあるが、その内容は商家の得意先に座敷に呼ばれて訊かれたことと、大差なかったのである。

武士だの町人だのと言っているが、所詮人は人なのだ、と信吾はしみじみと思った。

「ところでカゲンどのは」と、御成道が言った。「常に倍するカゲン振りであるが、いかがいたした。信吾とやらの顔を見て、ときおり首を傾《かし》げておったようだが」

なんでもない、というふうにカゲンと呼ばれた男は首を振った。

そうか寡言か、と信吾は納得した。ほとんど物言わぬので、その渾名が付けられたらしい。

信吾にかぎらず町人なら無口と言うが、武士は難しい言い方をするものだ。宿酔と書いて「ふつかよい」と読むと憶えていたのに、しきりに「しゅくすい」と言う武士がいた。最初は訳がわからなかったが、宿酔を音読みしているのだと気付いたのである。

それにしても寡言とは言い得て妙である。そういえば男は終始無言で、それまで一度も声を発していなかった。まるで常連の桝屋のようだと信吾は思った。信吾は桝屋を「無口さん」と呼んでいる。

言われてみると寡言は最初に挨拶したとき、信吾を見て驚きを顔に表したのであった。信吾はほかの留守居役たちと話しているときにも、寡言の視線を感じていた。不意にそちらを見ると凝視していて、さり気なく目を逸《そ》らしたこともあった。

留守居役たちもそれには気付いていたようで、何人もに問い詰められて渋々というふうに話し始めた。「無口さん」の桝屋も寡言と呼ばれたこの男も、話せないのではなく、なるべく話したくないというだけなのだ。

「まだ知る者はごく少ないし、この中にもおそらく知っている者はいまいが、陸奥《みちのく》のさる大名家でお家騒動があってな、知恵のある若侍の働きというか暗躍で、どうやら表面化せずに収束したらしい」

よくある、嫡男と次男をそれぞれ推す勢力が争うとの構図だ。嫡男が側室の子で次男が正室の子だが、正室は格が上の大名家から嫁いでおり、側室が町人の娘と言うことで争いが起きたのである。「長幼の序」を取るか血筋の良さを取るか、ということだ。

「で、いかようになったのだ」

「側室の子、つまり嫡男が継ぐことが決まったそうだ」

「それだけではなさそうだな」

問われたが、寡言と呼ばれた男は口を緘《かん》してしまった。

「それでは話がちごうであろう」と言ったのは、一枚板の白眉でなく纏め役の深読みであった。「この集まりが、どのようなものであるかを忘れられては困りますぞ、寡言どの」

そこで間を取ったが、どうやら仲間内で隠し事はしないということらしい。あらゆることを考慮すれば、それ以上は抗《あらが》えなかったようだ。

「信吾と申すこの若者が、次の藩主と決まった側室の子に、似てるはおろか瓜二つでな」

寡言が言い終えると同時に六名の、いや寡言も加えた七人の留守居役が改めて信吾を見た。見たなどとひと言ですまされぬほどで、穴が開くばかりに注視、熟視、いや凝視したのである。

そしてだれもが、ほーッと声を漏らした。

寡言と呼ばれた男が重い口を開くなり、すぐに信吾にはわかっていた。十両の手付で請け、若侍の秋月《あきづき》、実は夏木《なつき》の目的を成就させて、手付とはべつに百両という大金を得た、あの騒動について言っているのだと。

だが信吾としては、それに関わったことを微塵《みじん》も知られてはならないのである。

「お話を伺って、これほど驚いたことはございません。世の中には、自分にそっくりな人が三人いると聞いたことがありますが、まさか自分に瓜二つというほど似た方がいようとは、それもお大名家の跡継ぎに絡んでいようとは、思ってもおりませんでした」

留守居役たちにしても信吾がそれに関わり、長子が藩主になる道を拓《ひら》くことに貢献したとは、思いもしていないだろう。

それにしても、世のため人のためになりたいと考えて開いた「よろず相談屋」だが、わずか一年のあいだにこれだけの出来事が次々と起きるとは、信吾は想像もしていなかったのである。

ああでもないこうでもないとの想像や、妄想と言っていい留守居役たちの話は際限なく続いた。それを聞きながら、信吾には「よろず相談屋」の仕事には、範囲というものがないと思ったのである。

開所一周年記念の将棋大会という大波は、なんとか乗り越えることができた。大波の余波は続き、大名家の江戸留守居役たちの集まりに呼ばれたのも、その一つである。普通の商人なら、まず味わうことのできない経験だろう。

そしてこれからもなにが起こるかわからないと思ったのだが、目のまえに春秋堂と宮戸屋両家の会食が迫っていた。これまでの流れからすれば、とてもすんなりいきそうにも収まりそうにもない。しかし、もはや引き返すことも留《とど》まることもできないのである。

もしかして比較的平穏に思える今は、二つの大波のあいだに束《つか》の間《ま》訪れた、幕間《まくあい》にも似たひとときなのではないだろうか。

破鍋に綴蓋

一

「そのまえに、聞いていただかねばならないことがあります」

なるべくおだやかに、自然に聞こえるように信吾は切り出した。

だがそれに対する反応は、思っていたよりも強《きつ》かった。父の正右衛門と母の繁は予想していなかったらしく、一瞬にして顔が強張《こわば》るのが見て取れた。

春秋堂の善次郎とヨネは、信吾が楽しい話題を用意していたと期待したらしいが、宮戸屋側の気配を敏感に感じたらしく、顔から笑みが退《ひ》くのがわかった。

信吾は横顔に父の突き刺すような視線を感じたが、当然のことかもしれない。

両家の会食は新年の挨拶に始まり、この春に婿を取ることになっている春秋堂の長女花江《はなえ》に、宮戸屋から祝いの品が贈られた。そのお返しのように春秋堂からは、信吾の「よろず相談屋」と将棋会所「駒形」の一周年記念の品が渡されたのである。

和気藹々《わきあいあい》のうちに話は進み、頃よしと見た正右衛門がひと膝乗り出した。

「ということでしたら春秋堂さま、まだまだ未熟ではございますが、信吾の嫁に波乃さんをいただけないでしょうか」

「はい、宮戸屋さま。わたしどもは、いつそれを言っていただけるかと待ち望んでおりました。申し出を謹んでお受けいたします」

　信吾が切り出したのはその直後であった。

　この期に及んでなにを言うかと、正右衛門が信吾を睨《にら》み付けた。その座の人たちは顔を見あわせたが、こうなったからには信吾の話を聞くしかない。

　記憶が抜け落ちる後遺症については、それまでの家族の話しあいで合意を得ていた。隠し通すと以後に障りが出る可能性が高いので、打ち明けるべきだとの信吾の意見を、両親も祖母も渋々ではあるが認めたのであった。

　話の進行の中で折を見て、なるべく誤解を招かないように正右衛門が話すことになっていたのだ。だが信吾には、父がそれを切り出さずにすますのではないか、もし話したとしても曖昧に糊塗《こと》してしまうのではないか、との懸念が次第に強くなっていた。

　信吾と波乃は似合いの夫婦になるだろうという方向に話は進んだが、大事な話に触れることなく、正右衛門は春秋堂の同意を取り付けてしまった。信吾にすればなるべく早い段階で明らかにしなければ波乃を裏切ることになり、取り返しが付かなくなるとの気持が強い。そのため、なんとしても切り出さずにいられなかったのである。

　信吾の話を聞くしかない状況になりはしたが、正右衛門としては約束がちがうと、ひと言釘《くぎ》を刺さずにはいられなかったのだろう。

「だがそのことはなにも、今ここで」

正右衛門が言い掛けると、善次郎がおだやかな笑みとともに言った。

「そうおっしゃらずに、信吾さんのお話を伺おうではありませんか。若い方ですから、なにか楽しい趣向をご用意なさっているのかもしれません」

善次郎も商人である。正右衛門と繁の緊張を見て、ここは信吾に喋《しゃべ》らせてみようと思ったのだろう。正右衛門が話すことになっていたのに、なにかの事情が生じたのかもしれないと察したはずだ。

そのようにもっともな言い方をされると、正右衛門としても強引に信吾に中止させる訳にはいかなくなる。気は進まなくても、受《う》け容《い》れるしかないのだ。

場の空気が定まったようなので、信吾は波乃に笑い掛けた。

姉の花江は瓜実顔《うりざねがお》で、卵に目鼻を描いたような京美人ふうの、まとまってはいるがおとなしい顔である。

波乃は眉や目、鼻や唇の輪郭がはっきりした顔容《かんばせ》であった。でありながら、それぞれが主張しすぎることがない。危ういところで均衡を保っているが、活《い》き活《い》きとしており、ふくよかさと爽やかさも併せ持っている。信吾は波乃に聡明さだけでなく、利かん気が強そうな印象を受けていた。

「波乃さんはわたしが宮戸屋を正吾に任せ、よろず相談屋と将棋会所を開いたことは承知なさっていますが、実際にどのような仕事なのかはご存じないはずです」

波乃は、目の光をいくらか強くしてうなずいた。

「ご両親のお話などから、わたしといっしょになってもいいと思われたのかもしれません。ですが仕事の内容をお知りになったら、尻込みなさるのではないでしょうか」

「あら、なぜそのようにお考えなのかしら」

「わたしはよろず相談屋を自分のやるべき仕事と思っていますが、近ごろはぼつぼつ仕事も入っているものの、ひどいときには月に一つも相談のないことがあります」

抜け落ちる記憶についてではなかったので正右衛門は一息吐《つ》いたようであったが、ここに至って思わずというふうに天を仰いだ。息子があまりにも馬鹿正直に、仕事の実情を打ち明けようとしたからだ。

かまわず信吾は続けた。

「それではやっていけませんので、日銭の稼げる将棋会所を併せてやっているのです。その席料、お客さまが遊ばれて払うお金《あし》はいくらだと思われますか」

「とおっしゃるからには、少ないのですね」

「はい。驚かれるくらい」

信吾がそう言うと、波乃は目を瞬《しばた》かせたが、戸惑っているというより、おもしろがっているように思えないこともない。

「十六文くらいかしら」

「なぜ十六文だと」

「お蕎麦《そば》一杯がそのお値段だそうですから、暇潰しに将棋を指すならそれくらいかな、と」

母親のヨネも姉の花江も何度か口を挟みそうになったが、伴侶《つれあい》となるだろう人の仕事を暇潰しと言うとは思いもしなかったようだ。呆《あき》れ果てたのか、しばらくは口を開けたまま波乃を見ていた。

「いい勘をしてますね、波乃さんは。ちょっぴり多くて二十文」

声にこそ出さなかったが、波乃は大笑いの顔になって、あわてて口を押えた。

「笑ってる場合ではないのです」

「ごめんなさい」

すなおに謝った波乃に、信吾は嚙《か》んで含めるように言った。

「五十人のお客さまがいらしたとしても、千文、つまり二朱と少しなんですよ」

目をパチクリさせると、波乃は間を置かずに言った。

「およそ月に四両ですね。倹《つま》しく暮らせば、なんとかなります。いえ、いくらか残せるはずです」

信吾は、いや信吾だけでなくだれもが呆気《あっけ》に取られてしまった。なぜならややこしい計算を波乃が瞬時にしてしまったからだし、月の稼ぎがわずかそれだけなのに、大店《おおだな》のお嬢さんがまるで驚かなかったからである。

そのころは一両が六千五百文で換算されていた。一両は四分で、一分が四朱となっている。一分が千六百二十五文、一朱は約四百文の計算だ。

一日に二朱強の稼ぎだと、単純に月三十日として六十朱余り、分にすれば十五分と少しなので、月に四両弱となる。

「算用はあっていますが、波乃さん。お芝居だ、踊りだ、お花見だ、お月見だと、贅沢《ぜいたく》三昧《ざんまい》にすごしてこられた大店のお嬢さまには、とてもやってはいけませんよ」

「浅草で一番、江戸でも五本の指に数えられる老舗料理屋の若旦那さまが、それでやっておられるのでしょう」

「ですが、てまえは宮戸屋を正吾に任せて出ましたので若旦那ではありません。奉公人も小僧一人だから、わずかな実入りだけでもやってゆけるのです」

「でしたらあたしも春秋堂を出ますので、お嬢さまではありません。信吾さんがやってらっしゃるのですもの、あたしにだってきっとできると思います。それに一人口は養えないが二人口は養える、との諺《ことわざ》があるそうですから、力をあわせましたら」

「ギャフン、してやられた」

信吾が大袈裟《おおげさ》な言い方をすると、波乃はたまらず噴き出した。

二人の両親、祖母の咲江と弟の正吾、波乃の姉の花江は、信吾と波乃の楽しそうな遣《や》り取《と》りに、呆れて言葉も挟めない。

その言《い》い廻《まわ》しは信吾が相談屋と将棋会所を始めるまえに、口にしていた決まり文句である。幼馴染《おさななじみ》の完太《かんた》と寿三郎《じゆさぶろう》、そして鶴吉《つるきち》たちと、芝居小屋、講釈場、寄席などに通っていたころ、若い連中のあいだで流行《はや》っていたのだ。

逆転されたり遣りこめられたりしたとき、それも相手が一枚も二枚も上手《うわて》だと思うと発した。信吾は波乃に、してやられたと思ったのだ。

かといって、そのまま引きさがるのも癪《しやく》である。

「だけど雨が降れば十人以下、日によっては四、五人しかお見えでない日もあります。大工殺すにゃ刃物はいらぬ、雨の三日も降ればいい、との諺がありますが、将棋会所潰すにゃ掛け矢はいらぬ、雨の三日も降ればいい。……といっても、お嬢さんに掛け矢はわからないですね」

「杭《くい》を打ちこむ、おおきな木の槌《つち》じゃなかったかしら」

「そうです。大火事のときに、風下の家を叩《たた》き壊すときにも使います」

殺す、潰す、壊すなどという、見合いの席での禁句が頻出するので、繁も咲江も気が気でないという表情だ。

「雨なんか平気の平左ですよ。あたし、照る照る坊主を作りますから」

「ギャフン、またしてもやられた」

「だけど照る照る坊主なんて気休めで、屁《へ》の突っ張りにもなりません」

「呆れた、なんて品のない言い方をするのですか」

それまで堪《こら》えに堪えていたらしい花江が、堪忍袋の緒が切れたとでもいうふうに言った。

「それもこんな大切なお席で。信吾さんだけでなく、宮戸屋のみなさんが呆れてらっしゃるじゃないですか」

「いえ、そうではありませんよ、花江さん」と、正右衛門が言った。「てまえもいくらか驚かされましたが、途中から笑いを我慢するのが辛《つら》くなりました。波乃さんと信吾の掛けあいを見ていて、まるで三河萬歳《みかわまんざい》のような気がしましてね」

「さすがに、宮戸屋さんは気の利いたことをおっしゃる。お座敷にお客さまが、幇間《たいこもち》や噺家《はなしか》を招かれるので、日ごろから芸達者たちに接してらっしゃるからでしょうな」

意外な進展に泡を喰《く》ったかもしれないが、正右衛門も善次郎も商人である。取り敢えずこの場は収めて次に繋《つな》げなければとの思いが、そんな遣り取りになったのかもしれない。

「それにしても三河萬歳とは見事な喩《たと》えです。もっともてまえには、信吾さんと波乃の、どちらが太夫《たゆう》でどちらが才蔵《さいぞう》か、判断が付きかねますが」

善次郎も心得たものだ。

「どちらであろうと、よろしいのではないですか」

「と、申されますと」

「要は、太夫と才蔵の呼吸《いき》が、あっているかどうかということですから」

「ごもっとも。なにが大事かということに尽きますからね」

「いささか横道に逸《そ》れたきらいはありますが」と、正右衛門は真顔にもどった。「すぐ目のまえに、花江さんの華燭《かしょく》の典が迫っておりますので、波乃さんと信吾の話は少し先と見て、焦らずにのんびり構えるとしませんか」

「それがよろしいでしょう」と、善次郎もさり気なく受けた。「なにしろ一生の問題ですから」

「そのまえにお願いがあります」と、波乃が言った。「よろず相談屋と将棋会所を見せていただきたいのですが、ご迷惑でしょうか」

「それは当然ですし、わたしも見てもらいたいですね。あとになって、あんなひどい所とは思ってもいませんでした、わかっていたら受けませんでしたのに、なんて言われても困りますから」

「なぜそれを始めようとお思いになられたのかも、伺いたいの」

「わたしも話さなければと思っていました。ですが、ちょっと待ってくださいね。そのまえに、みなさまは忘れておいでではありませんか」

二

「なにを言い出すのだね」と言いながらも、正右衛門は信吾の意図に気付いたようだ。

「話は進んでいるのに引《ひ》っ掻《か》き廻しては、みなさんが迷惑なさる」

「最初にわたしが言った、聞いていただかねばならない話が、まだすんでいませんでしょう。それに波乃さんがおっしゃった、なぜそれを始めようと思ったのかとの問いにも、大いに関わっていますから」

正右衛門はさり気なさを装ってはいるが、それを言うなら勘当だぞ、と言わんばかりの怒りを籠《こ》めた目をしていた。仕方がない。波乃に事実を伝えないままにいっしょになるくらいなら、むしろそのほうがすっきりする。

事実を話したために波乃が、あるいは春秋堂が断ってくるかもしれないとの思いが心を過《よぎ》った。だがそうなれば受け容れるしかないではないか、と信吾は肚《はら》を括《くく》ったのである。

「わたしは三歳のときに三日三晩、高い熱に苦しめられました」

「ですが、それはすっかりよくなられたとお聞きしております」

波乃や善次郎より一瞬早くヨネが言った。娘が所帯を持つことになる相手のことなので、母親としてはなににも増して気懸かりなのだろう。

「はい。お医者さまがとても信じられない、奇跡としか思えないと言われたほどでした。のちになってわたしは、世のため人のために成すべきことがあるから神さまか仏さまに生かされたにちがいないと確信するようになったのです。妄想だ。ただの思いこみにすぎないと笑われる方がほとんどでしょうが、わたしにはどう考えてもそうとしか思えませんでした」

そこで思い立ったのが相談所で、それもあらゆる人の、いかなる悩み、困りごとにも応じられるよう、よろず相談屋とするに至ったことを打ち明けた。

二十歳《はたち》の若造では経験も実績もないので、やっていける訳がない。そこで形になるまでのあいだ、日銭を稼ぐために将棋の腕を活かして将棋会所を開くことにしたこと。運良く豊島屋の隠居甚兵衛が、たまたま空いた家を貸してくれた事情を、ていねいに話したのである。

「なるほど立派な心掛けでございますね」と善次郎が言ったが、皮肉は感じられなかった。「困ったことの相談となりますと、やはりお金のことが多いのでしょうか」

商人としては、どうしてもそこに考えがいくのだろう。

「わたしもそう思ったのですが、ふしぎなことにこれまでお金の相談は一度もありませんでした」

　貯《た》まった席料をねらったコソ泥に、真夜中に盗みに入られたことがある。賊が押し入ろうとしているのを野良猫に教えられた信吾は、鎖双棍《くさりそうこん》を用意し、待ち受けて捕らえた。ところがなんと常連客の万作《まんさく》で、腕を怪我《けが》したため左官の仕事ができず、金に窮したと涙ながらに訴えられたのだ。

　気の毒に思った信吾は、売り上げの半額を渡して帰したのである。万作は金に窮してはいたが、相談に来た訳ではなかった。

「お金に困った人は質屋に走り、それでも足らなければ家族や友人知人に融通してもらいます。どうしようもなくなると、金貸しに借りるのかもしれませんね。これまでよろず相談屋に、お金の相談に見えた方はいらっしゃらないのですよ。もっとも、頼られても都合できるお金はありませんけれど」

　もっともだ、とでも言いたそうに善次郎はうなずいた。

「もし都合できたとしても、お金のことには関わらないほうがよろしいでしょうな。ややこしい問題が起きかねませんから」

「だけど、よろず相談屋のお仕事では、なにかとお金を得ているではありませんか」

　気を揉《も》みながら遣り取りを聞いていた繁が、堪《たま》らないというふうに口を挟んだ。

「さる御大名家の若さま絡みの相談があったときには、百両という相談料をいただいたでしょ。インチキ賭け将棋に嵌《は》められた商家の息子さんを助けたときには、たしか相談料として五両を」

「母さん、だめですよ。相談に見えたお客さまに関することは、絶対に洩《も》らさないようにと言っておいたではありませんか」

「そうでしたね。うっかりしていました。ごめんなさい」

繁はすなおに謝ったが、いかにもわざとらしかった。

将棋会所の日銭でなんとか遣り繰りしていると、信吾は控え目に言っていますが、相談屋の仕事もそれほど不安定ではないのですよと、波乃や春秋堂の善次郎とヨネに訴えたかったのだろう。実際はちゃんとやっていますから心配しないでくださいと、なんとしてもそれをわかってもらいたかったにちがいない。

繁はそれだけ強く、信吾と波乃がいっしょになることを願っているということにほかならなかった。

信吾はその日初めて波乃と話したが、次第にその魅力に惹《ひ》かれるようになっていた。打てば響くのである。なんとも楽しいのだ。この人といっしょに暮らせたらどんなにいいだろう、との思いが強くなっていた。

だからこそ、話すべきことをちゃんと話さねばならない。

信吾は波乃と両親、そして花江に、正直に打ち明けた。医者は奇跡でしかないと驚いたが、実はほんのときたま、自分が話したことやおこなったことの記憶が抜け落ちることがある。これまではほとんど問題にならなかったが、いつどこで致命的なまちがいを起こしてしまうかもしれないのだ。

「それを承知でいっしょになってくれるのならうれしいのですが、一生に関わる問題ですから今ここで答えてくださいとは申しません。みなさまでよくお話をなさってくださ い。そういうことならと断られても文句は言いませんから」

言い終わると同時に波乃が言った。

「あたしを、信吾さんのお嫁さんにしてください」

両親と花江が、黙ってはいられないというふうに口にした。

「波乃、なんてはしたない。自分からお嫁になんて、若い娘が口にしていいことではありませんよ」と、花江。

「気を鎮めるのです。信吾さんが、よく話しあってと言ってくださってるのだ」と、これは善次郎だ。

「そうですよ、波乃」と、ヨネも真剣な目で娘を見た。「ちゃんと話しあってから、お答えするのが礼儀というものです」

「なにを話しあったり、考えたりすることがあるのでしょう。信吾さんは正直に打ち明けてくれました。自分が体に問題を抱えていることなんて、だれだって知られたくないに決まっています。それなのに正直に話してくださったの。それだけあたしと、波乃といっしょになりたいと、真剣に思ってらっしゃるからだわ。それに欠点のない人なんていないでしょう。あたしにだって欠点はあります、それもいくつも。周りを見てご覧なさい、欠点だらけの人ばかりではありませんか。しかもそれに気付いていない人がほとんどよ。信吾さんは自分の欠点をちゃんとわかってらっしゃる。だけど、いつ、どんなときにそれが出るかわからないと。であれば、それを知っている人がすぐ傍《そば》にいて、支えてあげるべきでしょう。それができるのはあたしです。あたしだけなんです」

波乃は一気にそう言ったが、捲《まく》し立てた訳ではない。滑らかに、ごく自然に流れるように語ったのである。

「ですから信吾さん、あたしを嫁にもらってください」

「言った口の端から、はしたないことを繰り返すなんて」

おとなしい花江が珍しく憤慨したので、信吾は波乃だけでなく姉にも笑い掛けた。

「もちろん、そう思ったからこそ、わたしは気持を打ち明けました。ですが波乃さん、二人がいいと言えばすむ問題でもありませんよ」

「なぜなの。二人がいっしょになりたいと言っているのに、それ以上なにが必要なの」

「波乃、そのように子供っぽく駄々を捏《こ》ねては、信吾さんはよいと言ってくださっても、ご両親に断られます」

善次郎に言われた波乃は、正右衛門と繋に両手を突いて深々と頭をさげた。目に必死な想《おも》いが籠められている。善次郎が呆れたというふうに首を振った。

「そのように気を昂《たかぶ》らせていては、まともな話はできなくなってしまうではないか。ともかく頭を冷やしなさい」

顔をあげた波乃は父を見、母を見たが、しばらく目を逸らさないでいた。それからゆっくりと、首を横に振り始めた。

「お父さま、そしてお母さま。信吾さんは絶対にそんな人ではありません」

「そんな人だって？　なにを言い出すのだね」

善次郎は眉根を寄せた。娘の言わんとしていることの判断が、付かなかったのかもしれない。

「ときを稼ごうとなさってるのね、あたしを説き伏せるために」

「なにを、訳のわからないことを言い出すのだ」

「こう思っているにちがいありません」と、少し間を取ってから波乃は続けた。「信吾さんは本当のところ断りたいのだけど、それではあたしに恥を掻かせ、春秋堂に傷を付けることになる。だから、とんでもない病気の話を持ち出して、遠廻しに断っているのだって。波乃には、そんなことさえわからないのかって」

善次郎とヨネは絶句したが、ややあって顔を見あわせた。困惑と戸惑いと狼狽《ろうばい》が渦を巻いてでもいるように、なんとも複雑な表情になり、何度も首を振った。

「呆れ果てました。おまえは、そんなことを考えていたのですか」

「だって信吾さんのお父さまがあたしを嫁にとおっしゃって、父さんはその言葉を待っておりましたと言ったでしょ。それなのに、信吾さんの病気がいつ出るかわからないと聞いた途端に、先延ばしにしたではないですか」

「いや、それは」

図星を指されたからか、善次郎は言葉に詰まってしまった。

「信吾さんは、そんな小狡《こずる》い手を使うような人ではありません。だめならはっきりと、こうおっしゃるはずです」とそこでおおきく息を吸ってから、波乃は一気に言った。

「あんたのような向こうっ気の強いお転婆娘《てんばむすめ》なんて、ごめんだねって。そうでしょ、信吾さん」

「えッ、いや。しかし、なんでわかったのだろう」

「ご覧なさい、信吾さんはこんなに正直な人なんです。ところで信吾さんに改めて伺いますけど、こんなあたしでもお嫁さんにしていただけますか」

「もちろんです。したことや喋ったことが抜け落ちてしまう男のところに、波乃さんのほかに嫁の来手なんてありませんからね」

それを聞くなり波乃は、善次郎とヨネ、そして花江に胸を張って告げた。

「こんな、言いたい放題の自分勝手な娘なんて、信吾さんのほかにもらってくれる訳がありません。まともでない男には、まともでない女しかあわないのですよ」

パチパチパチパチと派手に手を叩く音がしたので、全員がそちらを見ると、祖母の咲江だった。

「これほど似合いの夫婦が、あ、まだ夫婦ではありませんが、鉦《かね》や太鼓を叩いて探したって、まず見付かりっこありませんよ。これを世間では破鍋《われなべ》に綴蓋《とじぶた》と言うのです。喩えが悪くて波乃さんには悪いけどね」と波乃にちいさく頭をさげてから、咲江は一座を見渡してきっぱりと言った。「おわかりでしょ。破鍋と綴蓋の二つがそろって一つなの。破鍋だけでも、綴蓋だけでも生きていけません」

「あのね、兄さん」

話し掛けられて、信吾が声のしたほうを見ると正吾だった。信吾の目が信じられぬものを見たようになった。「なんだおまえ、そこに居たのか」と、言葉にはならなかったが、そう言っていた。

すっかり忘れられていた弟が口を開いた。

「わたしは、波乃さんなら義姉《ねえ》さんと呼んでもいいです。いえ、そう呼びたいな」

一体どういうことなの、と問いたげに波乃が信吾を見た。

「正吾は、おない年なのに義姉さんなんて呼べないと言い張っていたのですが、波乃さんの独演会を見て気が変わったようです」

「独演会だなんて」

思わずつぶやくと、波乃は真っ赤になって袂《たもと》で顔を隠した。瘧《おこり》が落ちでもしたように、一瞬にして年相応のしおらしい娘に変貌したのである。

「春秋堂さま」と、正右衛門が言った。「改めてお願い致します。信吾の嫁にお嬢さんをいただけないでしょうか」

「喜んで、そして謹んでお受けいたします」

「シャンシャンシャンって」と、言ったのは祖母の咲江だった。「手打ちをしたいくらいだわ」

「いいですね」と、善次郎が両掌《りょうて》を上に向けて言った。「ここまで決まれば、あとは手締めをするしかありません。では皆さま、お手を拝借いたします、よぉーおッ」

三

ドドドーッと、凄《すさ》まじい音を立てて野良犬の一群が駆けて来た。それを見て善次郎は顔を引《ひ》き攣《つ》らせた。

ここ数日は晴天続きなので、路面は乾き切って岩のように硬くなっていた。犬は猫のように足指に爪を隠すことができないので、六、七匹もの群になると、まるで岩のような土を爪が叩いて、カシャカシャと思いもしないほどおおきな音を立てる。

物事には弾みがあるようだ。

波乃が思いの丈を吐露したことに感動してか、祖母の咲江がパチパチパチと派手に拍手した。さらにシャンシャンシャンと手打ちしたいほどだと言うと、善次郎が音頭を取って手締めまでしてしまったのだ。

とんとん拍子と言うが、両家の会食の翌日に波乃が善次郎に付き添われ、将棋会所「駒形」と「よろず相談屋」を見学することになった。

商人は時刻に精確だ。

春秋堂のある阿部川町から「駒形」は、十町（約一〇九〇メートル）あまりしか離れていない。八ツ（午後二時）と言われていたので、信吾は金龍山浅草寺《きんりゅうざんせんそうじ》の時の鐘が鳴るなり格子戸を出た。日光街道で駕籠《かご》を降りた父娘《おやこ》が、相談屋への道をやって来るところであった。

そこへ犬の一群が、反対方向の大川端から駆けて来たのである。先頭を走るのは赤犬と呼ばれている親玉で、ひときわ立派な体格をしていた。

狼《おおかみ》の血を引いているため、明るい茶の体毛に濃い褐色の縞模様《しまもよう》が、胸や腹から背中と尻に向けて何本も斜めに走っている。陽光を受けると、体全体が燃えあがる炎のように見えた。そのため赤犬が呼称になったのだろう。

駆け寄る一群を見て善次郎は体を硬直させて目を剝《む》いたが、なんと波乃は笑顔で野良犬たちを見ている。それればかりか手を差し伸べようとして、父親を驚かせた。

「止《や》めなさい。手を咬《か》まれたらどうします。嫁入りまえだというのに」

「大丈夫よ。だって牙を剝いていないし、唸《うな》ってもいません。尻尾《しっぽ》を振ってるのは、仲良くしたいからだわ。襲ったりしませんから」

信吾は驚いた。いや、舌を巻いた。犬たちに敵意があるかないかを、波乃が一瞬にして見抜いたからだ。やはり、そんじょそこらの娘ではない。

信吾は善次郎に笑い掛けた。

「浅草一帯を縄張りにしている野良犬の群ですが、こちらが邪険に扱わなければ咬んだりしませんから、心配はいりませんよ」

「そうですか。見掛けたことがなかったもので」

「そうでしょう。この連中は、阿部川町までは行きませんから」

「なぜわかるのですか」

「大川の西、浅草寺や奥山から南、御蔵前から北、そして新堀川から東を縄張りにしているからです。新堀川から西側にある春秋堂さんの阿部川町は、べつの群の縄張りなんでしょう」

善次郎が目を丸くしたのは、波乃が親玉である赤犬の頭を撫《な》で始めたからである。周りに集まった犬たちは、千切れんばかりに尾を振っている。

しばらく見ていたが、善次郎にも犬たちが害を加えそうにないのがわかったようだ。

赤犬が語り掛けた。

――信吾さん、いいタマを見付けましたねえ。なかなか大した娘ですぜ。おれたちを怖がらないだけでも珍しい。

――風変わりな娘であることは、たしかなようだ。

――おれたちを見たら、大抵の娘は怯《おび》えてキャーキャー騒ぐもの。鏡を見ろよ、もっと怖い思いをするはずだぜ、と言ってやりたいことがある。

――凄《すご》いことを言うなあ。そんな言い廻しを、なんで知ってるんだ。

――人間どもの痴話喧嘩《ちわげんか》なら、しょっちゅう見聞きしてるからね。悪態なら掃いて捨てるほど知ってまさあ。なんなら教えてあげようか。

――いや、それには及ばないが。

――若い娘がおれたちを見て怖がるのは、自分をひ弱そうに見せて、だれかに庇《かば》ってもらいたいからじゃないのかね。怖がってる振りをしてるだけなんだ、と思うことがありますよ。その点、この別嬪《べっぴん》さんはまっとうだ。

――そのうち言っておこう。信ずるかどうかはわからないけどね。

——ハハハ、せいぜい逃げられんようにすることですね。こんな娘、まずいないだろうから。ほんじゃ、みんな行こうぜ。

赤犬にうながされて、犬たちは日光街道のほうに走り去った。

その後ろ姿を見ながら波乃が言った。

「信吾さん。知りあいなのね」

「ときどき見る顔だから」

「まるで友達みたいだった。犬の親玉と話していませんでしたか」

なんて勘の鋭い人だろうと、信吾は改めて驚かされた。知りあってからずっと、驚かされてばかりいる気がする。

「犬と話せたら楽しいだろうな。でも気持を通わせることはできると思うよ。人も犬も、生き物であることに変わりはないからね」

「それでは、信吾さんの仕事場を見せてもらいましょう」

ようやく父親らしい顔にもどって、善次郎が波乃をうながした。

「では、まずこれから」

信吾は二人に看板を見せた。将棋の駒を模《かたど》った「駒形」と、その下に掲げられた「よろず相談屋」の看板である。

「下にあるのが伝言箱で、昼間は将棋会所に出入りが多いので顔を出しにくい人や、真夜中や朝早くにしか来られない人に、用件を書いて入れてもらいます」

伝言箱の設置は甚兵衛さんの居候猫の黒介《くろすけ》に教えられたものだが、それは黙っていた。変なやつと思われるだけだからである。

「結構いらっしゃるということですね」

「思っていたよりも多いですよ。昼間いらしても、将棋会所のお客さまか相談のお客さまかわからないのですが、相談屋を訪ねたのではないかと思われるのが厭《いや》なんでしょうね」

「訪ねたこと自体に、引け目を感じるということですか」

「なにかに困っているらしいということを、人に知られる訳ですからね。ともかく皆さん実に慎重なのですよ。伝言が入れられていても、お名前や住まいが書かれていないことがほとんどです」

「でしたら、相談に応じられないではありませんか」

「会う場所と日時は指示してきます。書かれた所に伺うと、本人ではなくて代理人が待っていたり、名乗っても偽名であったり、実にいろいろで、つくづく人とはおもしろいものだと思わずにいられません」

「信吾さんは齢《とし》の割に落ち着いていて、人というものがわかってらっしゃると思っていましたが、相談屋をやっていたら自然とそうなるのでしょうね」

「いえ、とてもそんな」

「伝言箱を通じてとなると、女の方からもあるのでしょ」

波乃がそう訊《き》いたが、意図がわからないので、迂闊《うかつ》には答えられない。

「はい。でもほんのわずかですね。昼間は伝言を入れるところを人に見られるかもしれないし、真夜中や朝が早くて暗いうちは、万が一ということもありますから」

「でも、切羽詰まった人でしたら」

「今まではありませんでしたが、ないとは言い切れませんね。ですが女の方は、ほとんどは身近な人に相談するのではないでしょうか」

あるいは波乃は、信吾に近付きたい女性が伝言を通じて呼び出すことがあるのではないか、その場合に信吾がどう応じるかを知ろうとしたのかもしれない。それとも、感じたままを訊いただけなのだろうか。

そう言えば瓦版を見た田原町《たわらまち》の糸屋の娘に、榧寺《かやでら》の通称で知られる正覚寺《しょうがくじ》に伝言で呼び出されたことがあった。ただの野次馬なのでなんとかあしらうことができたのだが、婀娜《あだ》っぽい年増女《としまおんな》の色仕掛けなどが、ないとは言えないのだ。

「では、中を見ていただきましょうか」と言って信吾は格子戸を開け、二人を屋内に案内した。「狭くて殺風景なところなので、きっと驚かれると思いますよ」

戸が開けられた音を聞いて席料を受け取ろうと小盆を手に現れた常吉は、善次郎と波乃を見て事情を察したらしい。「いらっしゃいませ」と挨拶してすぐ姿を消すと、入れ替わるように甚兵衛が出て来た。

「この家の持ち主の甚兵衛さんです」

信吾が紹介するのと同時に、二人が声をあげた。

「ご無沙汰いたしております、豊島屋のご隠居さま」

「お久しぶりですな、春秋堂さん。お嬢さんはたしかお二人でしたが、こちらは」

「下の娘でして」

「そうですか。きれいになられましたね」

界隈《かいわい》の商人同士なので、二人は顔見知りだったのだ。その声に客たちが何人も顔をあげると、善次郎と知って笑顔になり挨拶を交わした。かなりの客が、善次郎を知っていたのである。

「春秋堂さんが瓦版をご覧になられ、将棋会所と相談屋を一度見たいとのことでしたので、来ていただきました。勝負の邪魔にならないようにしますので、対局を続けてくださいますように」

波乃を知っている客はほとんどいなかったが、甚兵衛と善次郎の遣り取りを耳にしていただろうから、信吾は紹介しないでおいた。

入ってすぐの目のまえには、席料などの料金が貼り出してあった。また六畳間の壁には「待ったは禁じ、常習者は出入りをお断りすることがあります」の断り書きが貼り出してある。

父と娘は履物を脱いで座敷にあがった。

「将棋大会の期間中は、優勝賞金の額、さまざまな注意書き、大会に寄付をいただいた方のお名前の一覧である花の御礼《おんれい》、ほかにもいろいろと貼り出してあったのですが」

言いながら信吾は二人を八畳間に案内し、壁を示して言った。

「こちらが、先だっておこなわれた将棋大会の成績表です」

「ほう。豊島屋の甚兵衛さんは準優勝されたのですか」

「はい。それも劇的な僅差でした」

信吾は甚兵衛が本番で勝ちながら、同率になったので決定戦をおこない敗れたことを伝えた。善次郎は優勝した桝屋とも面識があるようで、あの虫も殺さぬおだやかな人が、熾烈《しれつ》な戦いの頂点に立ったと知って、驚いたようだ。

将棋大会の名残りは床の間にもある。その折に取り替えた「行雲流水《こううんりゅうすい》」の掛軸を、そのままにしてあった。

信吾はどのような相手に対しても、ごく自然に対応できる将棋を目指していた。力まず、むだな力を使わずに敵の力を殺《そ》いでしまう戦い方を、身に付けたいとの願いが籠められている。

修行僧のあるべき姿を行雲流水と言うそうだが、信吾は自分もそうありたいと思う。

掛軸の下には、早咲きの梅の小枝を母が活けた竹製の花入れが置かれていた。

「波乃さんは退屈なのではないですか」と、信吾は声を掛けた。「若い娘さんには、おもしろいとは思えませんが」

「将棋のことはわかりませんけれど、とても楽しいですよ。多分、あたしが普通ではないからでしょうね」

「波乃」

「はい。お父さま」

「よく見て、どんなことでも信吾さんに教えてもらうように」

将棋会所のおかみさんになるのだからとの意味だろうが、それにしてもひどい所だなというのが本心であったかもしれない。ところが波乃本人に落胆したような気配は微塵《みじん》もなく、壁の貼り紙や対局する客たちを、興味深くというよりも、楽しくてならぬという顔で見ているのである。

そのときふと、信吾が視線を感じてそちらを見ると、客と対局していたハツがじっと見ていた。目があうと同時にハツは俯《うつむ》いてしまった。ここしばらく祖父の平兵衛《へいべえ》の体調がいいらしく、連日のように二人は「駒形」に姿を見せていた。

手習所の休日でないため、ほかの若年組の面々の顔は見えなかった。

そう広くもないので、波乃と善次郎はほぼ見終わったようである。

「この表座敷の八畳と六畳を将棋会所で使っていますが、お客さまが多くお見えの場合には、六畳の板間にも座蒲団《ざぶとん》を敷いて対局していただいています。それでもいっぱいになりましたら、奥の六畳間を提供します。では、そちらに」

横目で見たが、ハツは微動もせず将棋盤に見入ったままであった。

信吾は善次郎と波乃を八畳間から六畳間、さらに板の間に導き、続いて奥の六畳間に案内した。

座を占めると、常吉が茶と茶菓子を三人のまえに出し、一礼して辞した。奉公人だからなにも言うことはないのだが、信吾は開所以来ずっと世話をさせている常吉という小僧だと告げておいた。

「ご覧になられたのでおわかりでしょうね、波乃さん」

「はい。よくわかりました」

「でしたら、正直に言ってくださっていいのです。こんな殺風景な場所で、陰気な人たちを相手にこんな仕事をしている男になど、付いていけません、と」

「もう、冗談は通じませんよ、信吾さん。あたしはまじめなんですから」

「そうはおっしゃいますが、大店のお嬢さんを後悔させるようなことがあってはなりませんからね」

「言ったばかりですよ。冗談は通じませんって」

「となれば伝家の宝刀を抜くしかないかな」

四

「ギャフン、してやられた、か」

波乃が大袈裟に目をひん剝いたので、信吾はやられたのはこちらだと、兜《かぶと》を脱ぐしかなかった。実はもものことを話そうかと思っていたのだが、それが無意味なことがわかったからだ。

しかし伝家の宝刀を抜くと言ってしまった以上、そのままにはできない。こうなったら話すしかないだろう。

「見世の名や商売を明かすことはできませんが、ある日、さる大店の番頭さんが訪ねてまいりましてね」

奉公しているお店《たな》のお嬢さまが、ある若旦那に一目《ひとめ》惚《ぼ》れし、食事も咽喉《のど》を通らぬほどの恋患いに落ちてしまったという。番頭がなんとか、お嬢さんから聞き出したその相手が信吾であった。

なにしろ、すべてを伏せなければならないので苦労する。本銀町《ほんしろがねちょう》二丁目のお菓子卸商喜久屋《きくや》の娘で名前はもも、とか、白鼠《しろねずみ》のように主家に忠実な番頭の名が米蔵《よねぞう》などと、なに一つ伝えられないのだ。そのためまるで現実味のない話になってしまう。

浅草寺境内で親切にしてくれた人が、雷門まえの老舗料理屋「宮戸屋」の若旦那で名は信吾だという。米蔵、ではなかった番頭の願いは、このままではお嬢さまは焦がれ死にするだろうから、なんとか一度会ってはくれまいか、と頼みに来たのであった。

番頭は信吾が弟に見世を譲り、自分は世の中の困っている人、迷っている人の悩みを解決する道を選んだと知って驚いた。そのため席料がわずか二十文の将棋会所で日銭を稼ぎながら、悩める人の相談に応じていると聞いて感動した。

そんな男を夫にふさわしいと選んだのだから、さすがお嬢さんは人を見る目があると見直したのである。

ところが喜び勇んで帰った番頭からは、なんの連絡もない。梨《なし》の礫《つぶて》というやつだ。

そして理由がわかった。

お嬢さんは親切にしてくれたのが老舗料理屋の若旦那なので、これぞ運命、自分は信吾の嫁になって、老舗料理屋の女将《おかみ》になる定めだったと思いこんだのだ。

ところが番頭から話を聞いて驚くまいことか。わずかな席料をもらって細々とやっている将棋会所と、どんな人が来て、どんな相談をするかしれない、どこかいかがわしさの感じられる相談屋のあるじだなんて、話がちがうではないの。ということだ。

　一目惚れされ、食事が咽喉を通らなくなったはずの恋患いの相手に、信吾はいとも簡単に振られてしまったのである。

「とんだ笑い話で、お粗末でした」

　信吾は、だから波乃さん、胸に手を当てて今一度よくお考えなさい、と言おうとした出鼻をくじかれたのである。波乃はこう言ったのだ。

「あたしは、なんて運の強い女かしら」

「そのお嬢さんの考えこそまともと思われるので、先例をおおいに参考になさった方がいいのではと、考えたのですが」

「お嬢さんが人を見抜けぬお馬鹿さんだったので、あたしは信吾さんのお嫁さんになれるの。そのお嬢さんには、なんと感謝していいかわからないわ。会ってお礼を言いたいくらい」

「それはおよしなさい」

「どうしてですか」

「お礼を言おうとして、本心が出てしまいそうだ。お馬鹿さんって」

「かもしれませんね」

「ということですのでお諦めなさい、信吾さん」と、善次郎が言った。「てまえどもも、なんとか花江を説き伏せ、納得させたのですから」

ださい」

「えッ、どういうことでしょう」

「昨日、家にもどりましてから、ひと悶着《もんちゃく》ありまして。内輪のことなので話すべきではないでしょうが、信吾さんが一目惚れされた相手に肘鉄砲を喰らった話を披露してくれましたので、話さない訳にまいらんでしょうね。それに大事な娘の婿となるのですから、謂《い》わば家族も同然です。気に障ることもおありでしょうが、笑い話としてお聞きください」

そう前置きして善次郎は話し始めた。

花江は見たこともない剣幕で、善次郎とヨネはこれがわが娘かと思わず疑ったほどだったという。物静かで言葉を荒らげたことのない花江の、初めて目にする憤激の収まらぬ形相であった。

雛人形《ひなにんぎょう》のような瓜実顔の、その顳顬《こめかみ》に青筋が浮き出ていた。弁天さまが夜叉になったのだ。

「わたしはどんなことがあろうと、絶対に反対です。認める訳にまいりません」と、花江は頑として言い張った。「父さんも母さんも、信吾さんのお話を聞くまえならともかく、したことや喋ったことが抜け落ちるかもしれないその日暮らしの男に、大切に育ててきた娘を、よくも嫁にやる気になりましたね」

「花江、少し言葉に気を付けなさい。信吾さんは近ごろ珍しい、しっかりした若者ではないか。それに両家のあいだで決まったことなのだ」

「でしたら断ってください、それだけのちゃんとした理由があるのですから。信吾さんが波乃を幸せにしてくれるとは、とても思えません。ちゃんとした商家の娘として育ったのですから、それなりのお店《たな》に嫁ぐべきでしょう。夫を蔭《かげ》で支え、その親に自分の親に対するのとおなじくらいに尽くし、子供を産んで嫁ぎ先の繁栄に身を捧《ささ》げてこそ、女は幸せを得られるのです。それなのに」

「姉さんはそうお考えでしょうが」と、さすがに波乃は我慢できなくなった。「幸せについての考え方は人によってちがいますから、押し付けないでもらいたいわ」

「波乃のためを思えばこそ、言っているのですよ。病気のことはたしかに言いすぎたので取り消しますが、お仕事に関しては言語道断です。困ってる人、悩んでいる人の役に立ちたいけれど、若くて経験がないので信じてもらえないと言いましたね。当然でしょう。人の蠅《はえ》を追うより自分の頭の蠅を追え、って言ってやりたいわ」

「いくらなんでもあんまりです。それに信吾さんの嫁になるのは、姉さんではなくてあたしなのよ」

「当たりまえです。わたしなら、あんな男には洟《はな》も引っ掛けません」

「花江、それに波乃もですが、少し落ち着きなさい」と、ヨネが静かに話し掛けた。

「人はそれぞれ顔貌《かおかたち》がちがいますが、自分の気に入らないからと言って、取り換える訳にはいきません。あるものを認めるしかないのです。考え方もそれぞれちがいますが、顔とおなじことなのです。ちがう考えであろうと、それを認めるしかないのですよ。などと言っても、腹の虫は収まらないでしょうね。だから今ここで、言いたいことを洗《あら》い浚《ざら》い言ってしまいなさい。そしたらすっきりしますから、あとは仲良くしてちょうだい。だってあなた方は姉と妹、この世に二人だけの姉妹なんですからね。さあ、仲直りするために、思ってることを喋り尽くしなさい」

ヨネは花江と波乃を、しきりとけしかけたそうだ。それを聞いて信吾は、波乃はヨネの血を濃く受けていると思った。

それにしても人はおもしろい。ほどなく婿を迎える姉と、嫁に行こうという妹に、腹に思っていることをぶちまけなさいと、まじめな顔でけしかける母がどこの世界にいるだろうか。まかりまちがえば喧嘩別れになって、修復のしようがなくなってしまうかもしれないのである。

「で、やりましたか」

「姉はこういうことを言うだろうから、だったらこう切り返そうって、作戦を練りましたけど」

「言わずに終わったのですね、二人とも」

「そうなんです。さあ、どこからでも掛かっていらっしゃいって、睨みあったんですけどね、睨みあったままでどちらも黙ったまま」

自分から攻撃を仕掛けたくはない。言いたいことはいくらでもあって、それを心の裡《うち》で繰り返しながら、相手の言葉を待っていたのだ。

腹の中で悪口雑言が渦を巻き、ときとともに次第に膨れあがっていく。そのうちにたまらなく悍《おぞ》ましくなってきた。腹に凭《もた》れるというやつである。

「その言葉を吐き出すと姉の心か腹に入るので、自分はすっきりするでしょうね。その代わりに、姉の重い重い想いがあたしの心か腹に入るのだわと考えると、なんだか急に虚《むな》しくなったの。意見のあわないところもたしかにあるけれど、子供のころからずっといっしょに育った姉でしょ。そう思うとたまらなく自分が子供っぽく思えて、姉を見ると、絶対に反対ですと言った最初のころとは、まるでちがう優しい目になっていたの。姉もわたしの気持がわかったようで、二人で大笑いしたわ」

「お母さんの掌《てのひら》の上で遊ばされていたのですね、二人とも。それを見越してけしかけたとなると、お母さんのほうが、役者が一枚上ということだ」

「そうなの。まさに、ギャフン、してやられた、でした」

善次郎を見ると満面の笑みを浮かべている。ここに行き着くのがわかっていたので、内輪の話ゆえ話すべきではないが、ともったいぶりつつも打ち明けてくれたのだろう。

「となると」と、信吾は波乃に言った。「腹の中で渦を巻いていたという悪口雑言を、なんとしても聞かせてもらいたいな」

「うーん」

唸ったまま、波乃は口を噤《つぐ》んでしまった。厭なら厭でかまわないので、信吾は急《せ》かさずに待つことにした。

「なんだか信吾さんに嫌われてしまいそうで、話し辛いわ」

「それをぶちまけなかったので、姉さんと仲直りできたんでしょ。でもまだ腹の中にあるから、そのままにしておくと次第に膨れあがりますよ。だから思い切って吐き出したほうが体にも心にもいいのです」

「なんだか、よろず相談屋に相談に来たような気がしてきました」

「はい。お嬢さん」と信吾は、易者が天眼鏡で見る真似《まね》をした。「悩みをそのままにしておきますと、ますますおおきくなって、やがて手に負えなくなりますぞ。まだちいさい今のうちに話してしまいなさい。てまえが悩みを消し去って、楽にして進ぜよう」

「いつも、そんなふうにやってるのですか」

「いや、今のは大道易者の真似をしただけです。はい、波乃さん。なにもかも話して、軽い心におなりなさい」

噴き出してから、すぐに波乃は真顔になった。それでも口を切るには、何度も深呼吸をしなければならなかったのである。

「姉さんがまともだとおっしゃる男の人たちですけどね、だれも似たり寄ったりで、どうしてなのと言いたくなるほど退屈だわ。だれもかれも、自分こそまじめな男の見本でございって顔をしてるけど、まともでないのが怖いだけの臆病者ばかり。少しくらい変わり者の、おもしろい人はいないの。まじめな若旦那でもいいのよ、表はね。それが夜になると義賊に大変身するとかさ。姉さんがまともな人しか見ない、認めないなら、あたしはなんとしてもその逆でなければ満足できないわ。そしたらいたの。いました。浅草一の、江戸でも五本の指に入るだろうという料理屋の若旦那が、見世を弟に譲って、よろず相談屋と将棋会所を始めたというではないですか。それだけでも凄いのに、脅して金を捲《ま》きあげようとやって来た破落戸《ごろつき》を簡単にやっつけたんだって。こんな絵に描いたような痛快無比な男を、ほかの女に渡してなるものかと思ったわ。でもどうすれば近付けるの。だから父さんを口説き落として、その人を座敷に呼んでもらうことにしたのよ。どうだ、まいったか」

言い終わると同時に波乃は袂で顔を隠して真っ赤になり、全身を捩《ね》じるようにして羞《は》じらったのである。

「今の台詞《せりふ》を、そっくり花江さんに聞かせたら、どんな顔をしたでしょうね」

「姉妹の縁を切られるくらいではすみませんよ。血の雨が降ったかもしれませんよ。おお、怖い」

「信吾さん。ここだけの話ですから、家内や娘には洩らさぬように願います」

善次郎に言われ、信吾は拳で胸を叩いた。

「相談屋ですから、口は堅いのでご安心ください。背中を叩き割られて煮《に》え滾《たぎ》る鉛を注がれても、口を割ることはありません。というのは、講釈か落語にあった啖呵《たんか》ですが」

「お父さま」

「なんだね、波乃。おまえに改まって言われると、なんだか怖くなってしまう。一生のお願いですと言われそうで、思わず身構えてしまうよ」

「一生のお願いです」

「そらきた」

「滝次郎《たきじろう》さんと、あ、信吾さん。滝次郎さんは花江姉さんのお婿さんになる人です。お父さま、あたし二人の式のまえに家を出たいのですけど」

「急な話だが、一日も早く信吾さんといっしょになりたいというのか」

「押し掛け女房になるのが、子供のときからの夢でした」

「なにも持たずに、体ひとつで来ておくれ、と言えばいいのかな」

「娘の冗談に、信吾さんまで調子をあわせられては困りますよ」

「滝次郎さんって、絵に描いたようにまともで退屈な人でしょ。おなじ屋根の下に、一日だって居たくないわ」

「だからって、そうはいかぬだろう。春秋堂だけの問題ではなくて、宮戸屋さんのご都合もあるだろうし、世の中、なんやかやとあるからな」

「だから、一生のお願いなの」

「取り敢えず宮戸屋さんとは話してみるが、期待はせぬように」

「でしたら、これからいっしょに宮戸屋さんにお邪魔しましょう」

「馬鹿なことを言いなさんな。そのような大事な話は、正右衛門さんとわたしで決めるものです。本人が同席するなんて以《もっ》ての外《ほか》だ」

五

「それにしても、こんなことになってしまうなんて」

「信吾のことだから、まともにいく訳がないと覚悟はしていたのだが」

　繁の言葉に正右衛門がおおきくうなずき、そして言ったのだった。

　これだけでは、なにがどうなったかわからない。わからなくはあるが、どうやら良い話とも思えないのだ。

　ところが両親ばかりか、祖母の咲江や弟の正吾も、暗いとか深刻な顔をしている訳ではない。むしろ明るいのだが、もっともそれはこの一家の特質でもある。

「それはともかくとして」と、正右衛門が言った。「今日は祝いの席であった。なにはさて置き、よろず相談屋と将棋会所がぶじに二年目を迎えることができたのだ。信吾、まずはおめでとう。弱音も吐かずに、一人でよく頑張り通したな。だが、これからは二人分頑張らんといかんのだぞ」

「まだ、いっしょになった訳ではないではありませんか。気の早い」

「なに、あっと言う間だよ。だから盛大に祝って、やる気になってもらわんとな。信吾、ともかくおめでとう」

正右衛門の言葉に続いて、母、祖母、そして弟がそれぞれ祝いの言葉を述べ、信吾が礼を返した。

前年の十一月に、信吾が一周年記念の将棋大会をおこなうことになったと報告したとき、一月の下旬に家族でも祝うつもりだと正右衛門が言った。大名家の江戸留守居役たちの席に招かれたし、春秋堂一家との会食もあって遅れたが、二月を目前にして座敷が設けられたのである。

これまではちょっとした祝いの席は、宮戸屋の奥の離れ座敷を使っていた。だが相談屋と将棋会所が、ぶじに二年目を迎えたのである。しかも多くの顧客に満足してもらえたし、迷惑を掛けたり、問題を起こしたりしたこともなかった。まずは合格点と言っていいだろう。

それだけでも十分に祝う価値があるのに、さらにおおきな祝い事が重なったのである。ほどなく、信吾が波乃と暮らすことになるからだ。

文人たちのあいだで人気が高まって、なかなか席を取ることのできない日本橋浮世小路《うきよしょうじ》の料理屋「百川《ももかわ》」に、席を確保できたのだった。正右衛門としては跡を継がせる正吾に、一流の見世の料理を味わわせたいとの気持もあったのだろう。

本来なら奉公人もいっしょに宮戸屋で祝うべきなのだが、波乃と信吾のことは事情があってまだ明らかにしたくなかった。そのため内祝いとなったのである。

家族だけの会ということなので、正右衛門は番頭に財布を渡し、奉公人たちを連れて大衆的な料理屋に向かわせた。もちろん常吉もいっしょである。

「どうなるかと思っていたけれど、なんと言っても相談屋と将棋会所を併せて開いたのがよかったのね。一つでもたいへんなのに二股掛けてどうすんのと思ったわよ、母さん。ところがなんとか釣りあいも取れて、うまく補いあっているものね。とすれば信吾には、危うい釣りあいを取る力があったということだもの」

母に言われたからと言って、すなおに喜ぶのも照れ臭い。

「だって、やっと大海原に漕《こ》ぎだしたばかりだからね。将棋会所はなんとかやっていけるようになったけれど、相談屋はどうなるか見当もつかない。たいへんな苦労をしてもわずかなお金にしかならないこともあれば、雑談して笑っていただけなのに、相手は悩みが消えたと言って思い掛けないほどの相談料を包んでくれたりもする。まるで水商売だから」

「それにしても、見通しも立っていないのに女房を持とうというのだから、まったく呆れたやつだ。それも式を後廻しにするとなると、前代未聞だよ」

正右衛門がそう言うと、大人の会話に加わりたくてたまらないというふうに、正吾が口を出した。

「でも、それを許してくれないなら押し掛け女房になるって、波乃さんが言い張ったんでしょ。そう言わせたのだから、信吾兄さんは凄い。そのうちに、押し掛け女房が流行ると思うな。だって恰好《かっこう》いいもの。江戸中に押し掛け女房が溢《あふ》れるようになって、そうじゃない人は肩身が狭い思いをしなければならなくなる、なんてことになるかもしれない。その先駆けになったのだから、兄さんは凄いよ」

「色男は辛いなあ」

「調子に乗って、馬鹿言ってんじゃありません」と言ってから、繁は真顔になった。

「それにしても春秋堂さんは、よく娘さんの我儘《わがまま》を許したと思うわ。いっしょになることが大事で、式なんて形だけなんだからしなくてもいい、なんて言ったんでしょ、波乃さん。普通の親なら、縁を切るぞって怒り狂いますよ」

「いろいろ事情があったのだろう」

「だって、そんなことを許していたら、世の中が成り立たないじゃありませんか」

「だから春秋堂さんは苦肉の策で、花江さんの式のまえに両方の家族だけで仮祝言を挙げ、花江さんの祝儀が終わってから、信吾と波乃さんの披露目の式をおこなうことにしたいと言って来たんだ」

「すんなり受けたのですか」

「受けられる訳ありませんよ」

「でも、受けたのでしょう」

　繁に迫られて正右衛門はたじたじとなったが、信吾にすれば初めて見る攻防だった。これまでは常に正右衛門が主導権を握り、繁はすなおに従っていたのである。ところが、まったく逆になっていた。

　弁解するように正右衛門が答えた。

「受けるしかなかったんだ、春秋堂さんに両手を突かれ、頭をさげられ、手をあわせて拝まれては、だめとは言えないではないか」

「春秋堂さんって、善次郎さんだけでしょ。おヨネさんもごいっしょだったんですか」

「いや」

「おヨネさんも賛成なさってるのですか」

「そのことだが」

「賛成なさってるのですね」

「ああ」

正右衛門の返辞に含みを感じたらしく、繁は二の矢を放たずに黙って夫を見続けた。

「宮戸屋、つまりわたしがいいと言うなら、という条件付きでということだがな」

「おヨネさんは真っ当な商人であるおまえさまが、頑として首を縦に振らないと思ったからこそ下駄を預けたのです。それなのに」

「そう言うものではない。男が男に頭をさげられたら、簡単に断ることはできんのだよ」

呆れ果てました、とでもいうふうに繁は何度も首を横に振った。そして、不意に信吾を見たのである。

「なにニヤニヤしてるの」

「笑ってなんていませんよ。控え目に微笑《ほほえ》んだだけです」

女房というものは、亭主をこういうふうに追い詰めていくことがあるのだ。大いに参考になるなあ、憶《おぼ》えておかなければと、信吾は感心しながら見ていたのである。すると波乃も繁のようになり、自分も正右衛門のように妻の言葉にたじたじとなるのだろうか、などと。

「おまえさまはともかく」と、繁は正右衛門から咲江に目を移した。「お義母《かあ》さまは断固反対なさると思っておりました。それなのに」

「そういきり立ちなさんな、繁さんらしくありませんよ」

肩透かしを喰らったようで、繁は思わず言葉に詰まった。

「ですが」

「要は本音と建前ということに尽きます」

「本音と建前、ですって」

「本音を許していたら世の中が成り立たない、と繁さんは言いました。ついさっき。憶えていますか」

「はい。だってそうでしょう」

「それは建前というものです。大事なのはいっしょになることで、式なんて形だけだからしなくてもいい、とこっちは波乃さんの言い分で、これは本音です。だれもが心で思っているけど、口にしないのが本音でしょう。建前を通せば世の中は平穏ですが、本音を通せばぎくしゃくしがちです」

「でしたらお義母さまは、波乃さんの言い分は認められない、ということですね」

「いいえ」

「ですけど、認めたらぎくしゃくしてしまうのでしょ」

「建前を通せば世の中は平穏ですが、ここは世の中ではありません。そのごくちいさな、ほんの一部分でしかない、家とか家族なのです。しかも宮戸屋のさらにその一部である信吾と、春秋堂の一部である波乃さんが幸せになれるかどうか、ということなの。繁さんは二人の幸せを望んでいるのでしょ」

「もちろんですとも。なにをおっしゃるのですか」

「母親だから当然よね。だったら認めてやりなさい」

「だれも反対なんかしていません。心から望んでいます。ただ、どうして花江さんの式のまえに、いっしょにならなければならないのかわからないのです。花江さんの式のあとでも、それが厭ならいっしょに式を挙げてもいいではないですか。せいぜい何ヶ月にしかすぎないのに、どうしてそれが待てないの。花江さんといっしょに挙式するには、お婿さんになる人の」

「滝次郎さんだそうです」

「滝次郎さんのお家《うち》の方に、承諾してもらわなければなりませんけど、けっこう厄介だと思いますよ」

「繁さんが気にしているのは世間体でしょ」

「浅草広小路で料理屋をやっていますから、世間体を気にしない訳にはまいりません」

「世間体と信吾の幸せとどちらが大事なの」

「わかりきったことを言わないでください。当然、信吾の幸せですよ」

「だったら決まりでしょ。もう、なにも言わないの」

母は口をもごもごさせていたが、それ以上は言葉にできなかったようだ。

父をやりこめた母も凄いが、母を黙らせた祖母はさらにその上を行っている。どうやら女の人には、男の人とはちがう理屈の立て方と、相手を説き伏せる技というものがあるようだ。どこか変だな、妙だぞと思いつつ、どこがどうと指摘できないままに、言い包《くる》められてしまうのである。

父をやりこめた母、その母に反論の余地を与えなかった祖母の咲江が、厳《おごそ》かに宣《のたも》うた。

「波乃さんは自分の家族だけならともかく、わたしたち宮戸屋の全員がそろっている所で、こう言いました。まともでない男には、まともでない女しかあわないのですよって。こんなこと波乃さんのほかに、どこのだれが言えますか。いっしょになりたい信吾の家族がいるのに、つまりわたしたちがいるのに、信吾のことをまともでない男、と言ったのですからね。わたしは心の底から感心したわ。だから波乃さんには考えどおりに、感じてるままに生きてもらいたいの。こんなことを言っても図に乗るような娘さんではないけれど、本人に向かってわたしの口からは言いません。ただ、静かに見守るつもりです。好きな者同士がいっしょになって苦労したいというならそれでいいけれど、春秋堂さんが、花江さんの式のまえに仮祝言を挙げ、花江さんの祝儀が終わってから披露宴をやりたいというなら、せめてそれくらいは、あちらさんのおっしゃるとおりにしてあげましょうかね。だって、悩みに悩んだでしょうけど、宮戸屋の顔を立て、春秋堂の面目が潰れぬよう、涙ぐましいほどの苦労をなさって辻褄《つじつま》をあわせた、というかあわせてしまったのだもの」

祖母の長広舌にだれもが呆気に取られていた。ところがよくよく反芻《はんすう》してみると、まさに正論と言うしかないのである。しかもあちこちが、いやどこもかしこも小気味よく、説得力があって、納得できるのだ。少なくともそう思わせられたのだった。

ゆっくりと顔に笑いが浮かびあがって、それが波動となってうねり始めた。そして顔を見あわせると、笑いが共鳴して、だれもがふつふつと含み笑いをし、やがて体を震わせ始めたのである。

拡《ひろ》がり盛りあがった笑いが鎮まるには、かなりのときが必要だった。そして収まり切ったとき、父が言った。

「ともかく、春秋堂さんとのあいだに話は付いているのです。あとはなるべく滑らかに物事を進めるだけですよ、わたしたちがやるべきことは」

六

「あれ、女チビ名人は休みなのかな」

四ツ（十時）の鐘が鳴ったとき、留吉《とめきち》が格子戸のほうを見ながらつぶやいた。手習所が休みなので若年組のほとんどが顔を見せていたが、いつもなら五ツ半（九時）には来ているはずのハツの姿がない。

信吾は初めて耳にしたが、子供たちのあいだでは、ハツは女チビ名人と呼ばれているらしい。子供はすぐに仲間を渾名《あだな》で呼ぶようになるし、なかなかうまく特徴を摑《つか》んでいることがある。若年組にとってハツは、まさに女チビ名人なのだろう。

なんとかしてハツの気を惹こうとしながら、うるさがられている留吉は、もっと早くから気付いていただろうが、四ツの鐘を聞いて我慢できなくなったらしい。

「爺《じい》さんの具合が良くないんじゃないの」

そう言ったのは後出し彦一《ひこいち》である。なぜかジャンケンが滅法強くて、負けた連中が口《く》惜《や》しまぎれにそう呼ぶようになったのだ。

ハツは平兵衛に付き添われて「駒形」にやって来るが、孫娘が祖父の肘の辺りを支えているので、どちらが付き添いかわからない。この二人、祖父の体調が良ければ毎日通っていた。

若年組の連中は小遣いを貯めての通いなので、手習所が休みの一日、五日、十五日、二十五日にしか来られなかった。だが平兵衛が席料を出してくれるハツは、午前中で手習所を終えてからやってくるので、普段は九ツ半（午後一時）すぎになる。

手習所が休みの日には、五ツ半には姿を見せていた。本所の表町《おもてちょう》からなので、どうしても時間が掛かってしまうのだ。

「席亭さん。ハツさんは昨日来ましたか」

気になってならないらしい留吉が、我慢できずに訊いてきた。

「休んだ。今日で三日だな」

「爺さんが病気してるの？　まさか、ハツさんの具合が悪いんじゃないだろうけど」

「多分、平兵衛さんが調子を崩したんだと思うけどね。一日、二日は休んだことがあるけれど、三日続けては初めてだから、心配してるんだ」

「昼から来たこともあったよね」

「ああ、あった」

そう答えるしかないが、信吾はその理由に薄々気付いていた。

春秋堂と宮戸屋の食事会があったのは一月の二十七日で、翌二十八日に父の善次郎といっしょに、波乃が信吾の仕事場を見学に来ている。信吾は案内して廻ったが、そのときハツがじっと信吾を、いや二人を見ていた。そして目があうなり俯いてしまったのである。

部屋を出るとき横目で見たが、ハツは微動もせずに将棋盤に見入っていた。今にして思うと、体を硬くしていたように思えてならない。

信吾はたまにハツと対局していたが、指すたびに強くなるのが感じられた。力を付けているのがわかると、指導にも力が入る。女の子だからという訳ではないが、教え方も自然と優しくていねいになるのかもしれない。

ハツに慕われているな、と感じることはあった。だが、それは師匠と弟子だからで、当然その範囲でしかないと思っていたのだ。

信吾はそう感じていたし、十歳の年齢差があるのだから、利発で可愛《かわい》い女の子との思いしかなかった。だがハツにとっては、いや、そんなことはあるまいが。

平兵衛かハツかはわからないが、体調がもどればこれまでと変わらぬ顔を見せるだろう。とはいうものの、波乃が仕事場を見に来た翌日から来なくなったのが、どうにも気になる。

波乃が来た翌日の二十九日、ハツは「駒形」に姿を見せていない。今年は一月が大の月なので三十日が晦日《みそか》となるが、やはりハツは来なかった。

月が変わって二月になったが、その朔日《ついたち》の今日も、「皆さんおはようございます。席亭さんおはようございます。常吉さんおはよう」との明るい挨拶は、聞くことができなかったのだ。

波乃とのことはおそらく、いやまちがいなく信吾の思い過ごしだろう。

何日も続けて顔を見せたと思うと、五日、場合によっては十日も来ない客もいない訳ではない。ところがほとんど毎日指しに来ていた常連客だけに、気になってならないのである。

四日目になる明日の九ツ半に姿を見せなかったら、ようすを見に行こうと信吾は思っていた。手掛かりは本所の表町という所書きだけである。

将棋大会のときの名簿にはハツが記帳したが、「本所表町ハツ」とだけしか書かれていない。本所の表町は、たしか七つか八つの狭い区画にわかれていた。

しかしハツと平兵衛という名前、そして将棋好きと訊けば、苦労しなくても住まいを探し出せるはずである。

ところが次の日、いつもより幾分ちいさな声であったが、ハツの挨拶を聞くことができた。

信吾が驚いたのは、客たちが一斉に笑顔で挨拶を返したことであった。信吾や常吉、それに留吉たち若年組だけでなく、年寄りの常連客たちもハツの声を待ち望んでいたのがわかり、信吾は思わずしんみりした。まだ少女ながら、すっかり「駒形」の花となっていたのだ。

「みなさんも心配していたが、体を壊していたのではないのか」

「大丈夫です」

ハツはそう答えて笑ったが、どこかむりのある笑いに思えてならなかった。

「どうだ、久し振りに手合わせ願おうか。平兵衛さん」と、信吾は祖父に笑顔を向けた。

「どの程度、おハッさんが力を付けたかを知りたいだけですので、指導料や対局料はいただきません。将棋大会で健闘しましたのでね、力を付けていると思いますから、わたしも楽しみですよ」

平兵衛と話しているあいだに、ハッは早くも半数以上の駒を並べ終わっていた。

「自分の駒は自分で並べるよ」

そう言って、信吾は自陣の最下列中央に王将を据え、順に駒を並べていった。信吾と指すとき、ハッは駒を並べ終えると、クルリと盤を廻してから自陣の駒を並べるのである。

つまり師弟ではなく、対等に指そうではないかとの意思表示であった。ハッが信吾を見あげてニコリと笑ったが、来たばかりのときに較《くら》べると明るく、すっきりして見えた。

「お願いします」

両手を膝に置いて、ハッは深々とお辞儀をした。信吾も畏《かしこ》まってお辞儀をした。

そして盤に向かうと、年齢も性別も、世間的なあれこれもまったく意味を持たぬ、個と個の対決となる。これこそ、将棋の最大の魅力にほかならない。

気が付くと、いつの間にか常連たちが二人の周りを取り巻いていた。

年末の将棋大会で思いもしない健闘をした若手、それも十一歳になったばかりの少女と席亭の、年が明けて初めての対局であった。結果はだれにも見えてはいるが、それだけにハツがどこまで席亭の牙城を揺るがすかに、関心が集まっていた。

若手が伸びるときに予想を遥《はる》かに超えることもある。あれよあれよという間もなく、本丸に攻め入りさえするのだ。

しかし並の対局者ではなく、前年の大会優勝者の桝屋と同率で準優勝した甚兵衛が、まるで歯が立たなかったという席亭である。おそらく大手門に迫るまえに、蹴散らされるにちがいない。

となると、傍目八目《おかめはちもく》の観戦者の熱気も凄まじい。

周囲の思惑にはまるで関係なく、二人は静かに駒を進め、引き、意表を衝《つ》く手を指すかと思うと、石橋を叩いて渡るように見せながら罠《わな》に誘いこもうとするのである。

おやッ、と信吾は頭を振った。空耳かと思ったのである。「きれいな方だった」と聞こえたような気がしたのだ。まちがいないかと問われれば、ないとは言い切れない、それほど微妙な声、いや、音、あるいはそれに近いほど幽《かそ》けき調べに似た「なにか」であった。

頭を一振りして盤に向かう。

ハツは明らかに力を付けていた。このまま伸びれば、どこまで強くなるだろう、そう思わせるほど指す手に力が籠っている。

盤上に意識を集中させる。駒と駒、その力関係、並び、表面には出ない、見えない部分での圧力、その密と疎の織り成す波長と破調。どれかがわずかに狂うだけで、すべてが崩壊するのである。

ひたすら盤面に目を凝らす。「お嫁さんになる方かしら」と、それは空耳なのか、実際の声なのか。だとすればハツが信吾に投げ掛けたのか。わからない。聞いたと思うが、聞いたのは耳なのか、心なのか、それとも頭であろうか。

信吾はそっと顔をあげた。ハツは微動もせず、前屈《まえかが》みになって盤面に目を凝らしているらしい。らしいとしか言えないのである。

観戦者たちを順に見てゆく。信吾に見られていることに気付かぬ人がほとんどで、それだけ見応えのある局面、進行ということだろう。目があう人がいても、心ここになしとでもいうふうに、自然と盤面に目をもどすのであった。

甚兵衛、桝屋、素七、平吉、権三郎、島造、三五郎と常連の顔が並んでいる。そのほとんどが初老以上の老人である。常連の中では若手の髪結の亭主源八は、年が明けて二十九歳になっていた。

最近になって足繁く通うようになった新しい常連には、十代の後半や二十代もいる。老いた者には聞こえなくても、「お嫁さんになる方かしら」とハツが言ったのであれば、そして聞こえていれば、表情になんらかの変化があっていい。

だが、なかった。

ハツの手が駒を移動させた。

盤上に目を向け、気持を集中させる。

「もう、将棋をやめようかと思うくらい悩んじゃった」

そっと顔をあげ、ゆっくりと周りに目をやる。やはりそうだ。信吾にしか聞こえていないのである。いや、ちがう。ハツは話し掛けたりしなかった。生き物たちが、吠《ほ》えたり、鳴いたり、さえずったりすることなく、信吾に語り掛けるのとおなじことなのだ。

信吾はこれまで何度も、何人もの人に言ってきた。「人間だっておなじ生き物だよ」「だって生き物じゃないか、人間だって」と。

生き物の心の声を聞くことのできる信吾に、ハツの心の声が届くのは当然ではないだろうか。だったら声を出さずに話すことができるはずだ。犬や猫、狸《たぬき》、キジ鳩などと話せたように。

――やめなくてよかったと思うよ。

盤上に屈みこんでいたハツが上体を真っ直ぐ《ます》、直角に立てた。すると観戦していた常連たちも、おなじように背を立てた。だれもが驚いていたが、一番驚いたのはハツだったようだ。信吾が思ったとおり通じたのである。

――やめようと思ったけれど、どうしてもやめられなかったの。思い切って捨てようと思ったけれど、捨てられなかった。

——捨ててはいけないし、本当に大切なものは、捨てようと思っても捨てられるものではない。それがいつか、心の支えになってくれることもある。

——あたし将棋を続けます。もっともっと強くなりたい。そしていつか、信吾先生に勝ちたいです。

——懐かしいな、信吾先生か。

——えッ。

——わたしを初めて信吾先生と呼んだのは、おハツさんだった。うれしかったな、あのときは。

ハツの顔が一瞬にして真っ赤になった。

そのとき金龍山浅草寺の時の鐘が、七ツ（午後四時）を告げた。「駒形」では、そろそろ客たちが帰る時刻である。

「指し掛けにして、続きは明日にしますか」

「続けたいです」

「帰りが遅くなりますが」

信吾がそう言って平兵衛を見ると、孫が望んでるのですからとでも言いたげに祖父はうなずいた。客たちはだれも帰ろうとはしなかった。

次第に暗くなるので、途中で常吉が燭台を用意した。

攻防にケリが着いたのは、半刻《はんとき》（約一時間）をすぎてからであった。

「負けました」

ハツがそう言って深々とお辞儀をした。信吾も頭をさげた。

「いや、見応えがありましたが」と、甚兵衛が言った。「なんだか今日の一番は、席亭さんらしくなかったですな」

「そうでしたか。どういうところが」

「どことなく迷われていたようで、席亭さんの一貫性といいますか、いつもの迷いのない指し方が見られなかったような気がします」

「そうそう、いつになくブレることが多かったですよ」

素七がそう言うと、何人もがうなずいた。

とすると、ハツの思いが声なき声になったときだろうか。たしかに、集中できていなかったように思えぬこともない。だが席亭としては、観戦者が納得できるように話さねばならないのである。

「ありきたりな手を指すと、妙手を用意して待たれているような気がして、であればと、ほかの手を探し続けていたような気がします。それが迷いと映ったのかもしれませんね」

「しかし席亭さんにそれをさせた、心を揺さぶったのだから、おハツさんは凄い」と言ったのは、太郎次郎であった。「次はぜひわたしと願えませんか」

「いけない、先を越されてしもうたか。ではハツどの、その次はみどもと願いたい」

そう言ったのは、御家人崩れだと噂《うわさ》のある権三郎であった。大会で三位になってから常連になった太郎次郎に続き、権三郎からも声が掛かったのである。

——やめなくて、捨てなくてよかったな。おハツさん。常連でも、五本の指に数えられる人たちから声が掛かったのだ。学ぶことは多いから、ますます強くなれるぞ。

——はい。あたし将棋を続けます。信吾先生のお嫁さんになれなくても。

言葉として声に出なくてよかった、と信吾は思わず胸を撫でおろした。常連客に聞かれていたら、さぞや冷やかされたことだろう。

七

「父親の春秋堂さんが、呆れてしまうくらいだからね。波乃さんと話してああいう人だとわかっていたからよかったが、でなきゃわたしは、悪いがこの話はなしにしてもらいたいと言っていたかもしれない」

信吾と波乃が新しい生活を始めることに関して、父親同士、つまり正右衛門と善次郎は何度も会って話しあっていた。

波乃は自分が信吾の借家に移ればいいのだから、なにも問題はないではないかと言ったらしい。それを聞いた善次郎は、娘が冗談を言っていると思ったそうだが、それも当然だろう。

父娘は一月の二十八日に信吾の仕事場を訪れた際、家の造りや間取りを見ていた。かなりのあいだ、小舟町《こぶなちょう》の乾物問屋の主人が、妾宅《しょうたく》として使っていた家だそうだ。ただし妾《めかけ》は一人ではなく、次々と取り換えていたとのことである。

お妾さんと世話する下女、でなければ商家のご隠居夫婦などが住むのに適した広さ、ということなのだ。

八畳と六畳の表座敷、六畳の板の間、奥の六畳座敷だけという間取りであった。それに勝手と三畳の奉公人部屋に土間という手狭さである。厠《かわや》は母屋とは別棟になっていた。

将棋会所ということもあって、自分たちのために使えるのは奥の六畳座敷だけであった。波乃はその一部屋があればいいと言っているのだが、とんでもない話である。

それまでは信吾の居室兼寝間としていたが、客が多いときには対局用に使っていたからだ。一周年記念の将棋大会中は、総当たり戦に出場しない一般客用に開放していたのである。

となると、夜は自由に使えるとしても、新婚夫婦の部屋はないも同然であった。

「あたしはそれでも一向にかまいません。着の身着のままで鍋釜提げてという、押し掛け女房の覚悟でいますから」

　それを聞いて、呆れるどころか怒ることすらできなかったのが母親のヨネだ。

「波乃に聞きますが、鍋釜提げてと言いましたが、鍋釜でどうするの」

「お料理を」

「できますか。礼儀作法、活花や踊りに琴などは教えました。万葉集や女今川もです。料理、掃除、洗濯はできるのですか」

「憶えます」

「いつ、どこで、だれに教えてもらうつもりなの。わかりますか、波乃。あなたは『女ひと通りのこと』を満足にできないのですよ。それなのに、鍋釜提げて押し掛け女房、よくそんな能天気なことが言えますね。なにもできない娘を嫁がせたりしたら、波乃はもちろんですが母親のわたしが、延《ひ》いては春秋堂が世間の笑いものになるのですよ。普通のお見世に嫁げば、そういうことは全部奉公人がやってくれるというのに、なにを好んでそんな無鉄砲をやりたいというの」

　こう迫られてはグーの音も出ない。

「なにひとつできないおまえをもらっていただくのだから、母さんは信吾さんに申し訳なくてならないの。ですからね、波乃には世話係のモトを付けて教えさせます。嫁ぐ日までわずかな日にちしかないけれど、ともかく駆け足で憶えなさい。それではとても間にあいそうにないから、嫁入りに際してはモトを付けることにします。一生じゃありません。女中付きで一生となると、信吾さんが迷惑しますからね。波乃が料理、掃除、洗濯を、ひと通りできるまでです。一、二年で身に付けられるか五年かかるか、それとも半年、三月で憶えられるか、それは波乃次第です」

モトは、ヨネが信頼している春秋堂の古株の女中である。

早くから奉公し、ある商家の番頭に請われて嫁いだが離縁された。ところが実家ではなく春秋堂にもどり、そのまま居付いてしまったのである。その代わりと言ってはなんだが身を粉にして働いたし、幼いころの花江と波乃の世話もしていた。

裏を返せば、そのモトを付けねば安心できぬほど、心もとないということであった。

女中がいっしょとなると、今の黒船町の借家はあまりにも手狭である。そのためべつの場所に家を探すことにしたいと、春秋堂が言ってきた。

あれこれ話しあったが、将棋会所はほとんど毎日が満席で、しかも客が増え続けているため、今の借家より広く取りたい。相談客のための部屋も必要だ。これまでは信吾の居室、料理屋や茶屋、宮戸屋の座敷、場合によっては近所の寺や神社の境内なども使ったが、相談屋としては、やはり専用の部屋を設けねばならない。

若夫婦の部屋のほかに世話係兼教育係のモトの部屋、将棋会所を続けるためには小僧の常吉の部屋も必要だ。

さらに信吾には信吾なりの条件があった。

将棋会所の常連客のほとんどは、浅草、駒形、蔵前から柳橋にかけて住んでいる。初老以上が三分の二ほどを占めるので、その人たちのことを考えると、なるべく近くで探したい。

ところが、これといった空き家が見付からなかった。であれば、仕事場と住まいを分けてはどうかということになる。

浮上したのが隣家であった。

息子の嫁と折りあいの悪い御家人の隠居が、家を出て独り住まいをしていたが、数ヶ月まえにどこかへ引っ越していた。

実は理不尽な事情で敵討ちにねらわれる浪人の、隠れ住まいであった。斬り殺した男の息子二人と弟に押し入られようとしたところを、ひょんなことから信吾が助けたのである。

その夜のうちに浪人は姿を消した。だが信吾はそのことを、甚兵衛をはじめだれにも話していない。

そこが空き家のままであった。狭いながら庭もあり、部屋数も今の借家とほぼおなじである。境になっている生垣に少し手を加えて柴折戸《しおりど》を作れば、行き来できるのだから好都合であった。

「娘の我儘と身勝手で迷惑をお掛けしますので、店賃《たなちん》はてまえのほうで出させていただきます」

「とんでもない。息子がうんと言わんでしょう。ああ見えてけっこう頑固でして」

「そうなんですか」

「見た目はやわらかそうに映るかもしれませんが、どうして芯は硬いのです」

「うちの波乃も頑固で、家内が手を焼いております。若い娘ですからね、帯に着物、履物やなんやかやを新しく買いそろえると言っても、今あるもので十分ですと言い張りましてね。琴だけは持って行くと承知しましたが、嫁入り道具が琴だけって訳にいきませんでしょう」

「頑固者と頑固者、意外とうまくいくかもしれませんが、こればかりはなんとも言えません。果たしてどうなりますことやら」

「頑固なだけならいいですが、少しも若い娘らしくないのですよ」

「と申されますと」

「だれもが夢中になって大騒ぎする芝居、歌舞伎ですね。あれが大嫌いなんです。十歳になるかならぬかでした、奉公人も連れて一家で観《み》に行ったのですが、二度と行こうとしません。以後は誘っても、留守番をして本でも読んでいるから、みなさんで行ってらっしゃいと、こうですからね。なんで、そんなに毛嫌いするのだと訊いたのですが」

男だてらに白粉《おしろい》や紅を塗りたくり、ゾロゾロした着物を着て、ぐにゃぐにゃと動いて気色悪いったらない。それに物語そのものが荒唐無稽でご都合主義、あれを観て泣いたり笑ったりする人の気が知れない、と頭ごなしに貶《けな》したそうだ。

「ところが人とはふしぎなものですね。おなじ親から生まれた姉と妹なのに、なぜこうもちがうのかと思うくらい、まさに正反対なのですよ」

姉の花江は芝居の外題が決まるなりそわそわし始めるくらいだから、観劇の日時が決まるとたいへんだと善次郎は言った。まず着物から始まり帯、簪《かんざし》に履物を新調する。前日には髪を結い直し、それが崩れては台無しだと寝ずに過ごすそうだから尋常ではない。当日は朝早くから念入りに化粧して出掛け、芝居を観てからはだれかれの区別なく、芝居のおもしろさや役者の芸の一つ一つを、夢中になって喋るのだそうだ。

「普段はお喋りではなくて、むしろ静かでおとなしい娘なのですが、芝居のあとだけは別人となるのです」

これほど芝居好きの花江が、あんなものを観て泣いたり笑ったりする人の気が知れないと言い放つ波乃と、ぶつからない訳がない。

「なぜこうもちがうのかと思うくらい、まさに正反対でしてね」と善次郎は、少しまえに言ったことを繰り返した。「夢中になっている花江は、芝居のこととなるとなにからなにまで楽しくおもしろいのです。役者の失敗《しくじり》でさえ、歌舞伎の良さとして捉えるのですよ。一方の波乃は頭ごなしに貶しますから、まさに骨肉相食《こつにくあいは》むでしてね。そうなると、坊主憎けりゃ袈裟まで憎い、ですよ。普段は仲の良い姉妹なのに、一度《ひとたび》歌舞伎のことになると、どうして犬猿の仲になってしまうのか、ふしぎでなりませんでした」

正右衛門は善次郎がいささか大袈裟に、極端な言い方をしているのだろうと思ったほどである。

「最近になって、なぜ犬猿の仲となったのかがわかりまして」

そう言って、善次郎はおおきな溜息《ためいき》を吐いたのである。息子の妻となる波乃とその姉花江の対立を、こと歌舞伎に関してではあるが犬猿の仲、骨肉の争いだと、父親が評したのだから正右衛門はおだやかではいられない。

理由がわかったといいながら、善次郎はそれをすぐには語ろうとしなかった。

「花江がね」とそこで善次郎は間を取り、おもむろに続けた。「申《さる》で、波乃が戌年《いぬどし》の生まれだったのですよ」

深刻な思いで聞いていたので、正右衛門はすぐにはわからなかったのである。

それから右手の掌で音高く額を叩いた。

「これは見事にやられました。申と戌で犬猿の仲と落とされるとは、思いもしていませんでしたよ」

ところが善次郎は笑いもせず、しみじみと言った。

「宮戸屋さんは、お子さまが男二人ですのでよろしいですね」

はぐらかされたあとだけに、正右衛門はいくらか警戒気味に言った。

「どういうことでしょう」

「うちは娘が二人ですが、それでも片方が歌舞伎嫌いなので、大助かりでございます」

どういうことだ、なにが言いたいのだと思ったが、おなじ問いを繰り返す訳にいかないので、正右衛門は黙って善次郎の言葉を待った。

「妹も歌舞伎好きだったらと思うと、ゾッとします」

「奉公人も連れて家族でとなると、桟敷代だけでも馬鹿になりませんからね」

「いえ、桟敷代などは知れたものです。先ほども申しましたが、身装《なり》を整えるだけでけっこうな出費になりますからね。普段は無駄遣いをするなと口うるさい家内が、娘に負けじと上から下まですっかり買いそろえるのです。そこへ下の娘まで歌舞伎好きときた日には、お手上げですよ」

「波乃さんが歌舞伎嫌いで、信吾は大助かりということになりますね。実は息子も歌舞伎が嫌いでして」

将棋会所と相談屋を始めるまえ、信吾は正右衛門の手代のような立場であった。そのころは幼馴染の完太と寿三郎、そして鶴吉といっしょに寄席や講釈場に通い、歌舞伎小屋にもけっこう足を運んでいた。

信吾は落語や講釈は好きであったが、歌舞伎はそれほどでもなかったのである。親友の三人はふしぎがったが、信吾にとっても仲間が歌舞伎をおもしろがるのが奇妙に思えた。

「なんでなんだ、信吾。きらびやかだし、筋はわかりやすいし、気楽に楽しめるというのに」

「多分、そこだな」

「だから、どこだよ」

「全部見せられて、わかりやすくて、それだけじゃないか。頭の中で思い描く楽しみがないから退屈してしまう」

「おれたちが良いということが、信吾には悪いんだな。変なやつ」

近くにいてたまたまその雑談を耳にした正右衛門は、なぜそう思っているかを、あとで信吾に訊いてみた。

「落語の場合ですとね、聞いているだけで、自分の頭の中で言葉がいろいろな組みあわさり方をします。すると情景というのかな、場面を思い浮かべることができて、それがなんとも楽しいのです。だけど歌舞伎はただ見せられるだけで、自分が加わることがほとんどない。だからつまんないのかな」

そんなことを言っていた。

「波乃さんが歌舞伎を嫌いだと知ったら、信吾はうれしいと思いますよ。なぜなら、感じていること、考えていることが、すごく近いですからね」

「いや、てまえも娘に話してやりますよ。きっと大喜びするでしょう。ところで宮戸屋さん」と、善次郎の口調が改まった。「なにも隠すという訳ではないのですが、若い二人が新たな旅立ちをすることは、花江の式のあとで披露目をするまで、黙っておこうと思うのです。自然とわかるし気付かれるでしょうが、訊かれたら答えはしても、こちらからは言わないでおこうと」

「それがいいかもしれませんね。信吾と波乃さんも、世間的な慣わしにはそれほど関心を持っていないようですし」

「そうなんです。あの二人は世間一般を超えていますから。はみ出しているというのではなく、一段上にいるという意味ですが」

　父親がそんな会話をしているとは知りもせず、母親が必要な物を買いそろえ、式《しき》までの段取りを頼りと考えていることには、信吾はまるで考えが及ばないでいた。客たちの対局を横目で見ながら、担ぎの貸本屋の啓《けい》さんが薦めてくれた戯作《げさく》を読《よ》み耽《ふけ》っていたのである。

余波は続く

一

「人ちがいでございましょう。しかもてまえはしがない町人、お武家さまに待ち伏せされるような覚えはございませんが」

歩みを止めた信吾は、遅い時刻ということもあり、ようやく相手に聞こえるぐらいの声で言った。

「しかも無腰《むごし》の町人一人に二人掛かりとは、手のこんだことでございますね」

軽く揶揄《やゆ》してみたが、気配はあるものの動きはない。二人掛かりだということを見破られたことで、相手は慎重になったのかもしれなかった。三人掛かりと言えば、果たしてどうしただろうか。

大川の流れが、ひたひたと岸を打つ音だけが聞こえる。

信吾に余裕があったのは、危険が迫ったときに報《しら》せてくれる生き物の警告がなかったからだ。ということは、冷静に対処すれば別状はないということである。

懐に手を入れると信吾は鎖双棍《くさりそうこん》の柄を握って、ゆっくりと歩み始めた。すると右手の建物と反対側となる大川端の柳の背後から、男が現れて行く手を塞いだ。

二人ともまだ若い武士のようである。十三夜の月が出ているが、蔭《かげ》になっているので顔付きまではわからない。

信吾は相手の本当のねらいを探ることにした。二人掛かりなのに、すぐに斬り掛かってくるようすがなかったからである。なにも知らないと思っているのだろうが、おまえさんたちのことはお見通しだよ、とわからせることにしたのだ。

「黒船町の借家を出て、東仲町《ひがしなかちょう》の宮戸屋に入るまであとを跟《つ》けられましたが、出て来るとの確信がございましたか。ご存じでしょうが宮戸屋はてまえの実家ですので、そのまま泊ることもあるとは、考えられなかったのでございますか」

返辞もなければ反応もない。

「もっとも、いかに遅くなっても黒船町にもどるようにしていましたので、その辺はお調べずみということでございますね」

言うことがあるなら聞いてやろうというのか、それとも、相手はこちらの力を量っているのだろうか。焦っていないということだけはたしかなようだ。

「宮戸屋を出て浅草の広小路を東に進み、いつもなら茶屋町《ちゃやまち》で右に折れ、日光街道を南に道を取ります。それが一番の近道だからでございます」

母の繁に頼まれてある客の座敷で相手を務めたが、宮戸屋は五ツ（八時）までなので、その時刻に客を送り出した。

ところが信吾は母に引き留められたのである。波乃との新しい生活のことで、なにかと打ちあわせがあったからだ。そのため見世を出たときには、四ツ（十時）をいくらか廻っていた。

客を見送ってそのまま宮戸屋へ入ってしまったので、果たして黒船町へ帰るかどうか迷ったはずだが、若侍たちは根気よく待っていたということだ。滅多にない機会なので、やがて出て来るはずだと、そちらに賭けたということだろう。

一番近道になる日光街道を帰らなかったのは、四ツをすぎると各町の木戸が閉められ、いちいち木戸番に開けてもらわなければならないからだ。

いつもなら茶屋町で右折して日光街道を南下するのに、真《ま》っ直《す》ぐに進んだ。その先に材木町《ざいもくちょう》があるが通りすぎ、吾妻《あづま》橋の手前で右に折れて大川沿いに下流への道を取った。

酒が入って微酔《ほろよい》加減だったので、川風に当たって酔いを醒《さ》ましたかったからである。

だが、それだけではなかった。茶屋町で日光街道への道を取らなかったとき、口笛を耳にしたのだ。

黄昏《たそがれ》どきからあとを跟け、信吾が飲食しているのはわかっているのに、冬のさ中に我慢強く二刻《ふたとき》（約四時間）も見張っていたのだ。そしていつもの道を帰らないとわかったとき、口笛が聞こえたということは、ほかの仲間に知らせたのだろう。跟けた二人のほかにもう一人、もしかすると二、三人の仲間がいるのかもしれなかった。

ということは、信吾が帰るいくつかの道筋を考慮し、どの道筋を選ぶかに応じていかに対処するかを、念入りに打ちあわせていたということになる。何種類かの口笛を決め、どの道を通れば口笛はこうで、その場合はどこで待ち伏せるというふうに。

となると少々厄介かもしれない。執念が感じられなくもないからである。

「どうなさいましたか。やはり人ちがいだったようですね。でしたら通していただきましょうか」

鯉口《こいぐち》を切る音が微《かす》かにしたと思うと、二人が同時に大刀を抜いた。

となれば猶予はならない。信吾は懐から、折り畳んで細紐《ほそひも》で縛った鎖双棍を取り出すと、樫《かし》の柄を両手で摑《つか》んで左右に引っ張った。結んでいた紐が弾《はじ》け飛ぶと同時に、胸前で鋼の鎖が一本の棒となる。

相手が怯《ひる》むのがわかった。

鎖双棍はヌウチクともヌンチャクとも呼ばれる双節棍を改良したものだが、普通の武士ならどちらも見たことがないはずである。いかなる遣い方をするのかわからないし、それよりも一介の町人がそのような武具を携行していること自体が不可解で、不気味でならないにちがいない。

修練を積んだ剣士、鍛えあげられた名刀であれば、鋼の鎖であろうと断ち切られると、巌哲和尚に聞いていた。となればやることは決まっている。目晦《めくら》まししかない。

信吾は左手を離すと、右手で頭上でのブン廻《まわ》しを始めた。ヒュンヒュンヒュンと鎖が空を切る音に相手がたじろぐのを見て、今度は胸前で右上から左下、流れるように左上から右下、直《ただ》ちに右上からと、斜め十文字に振り廻して見せた。

相手の怯みが恐怖に変わるのがわかったので、もうひと押しだ、と信吾は思った。おそらく三人だろうが、長いあいだ付《つ》き纏《まと》いながら踏ん切りがつかないのである。となれば腕のほども知れよう。

「鍛え方の甘い刀だったのかもしれませんが、この本赤樫《ほんあかがし》の棒が当たってへし折ったこともありましてね。何匹もの野犬の群に前後左右から襲われたときには、そいつらの頭の骨を打ち砕いたのですが、可哀想《かわいそう》なことをしました。犬より硬い石頭だと自信がおありなら、相手をいたしましょう」

終始ていねいな商人言葉で淡々と話したが、そのほうが不気味に感じるはずである。

「わかった」と、柳の蔭から出て来たほうが言った。「そんな物騒なものを振り廻すのはやめてくれんか、われらも刀を収めよう」

言ったほうが目配せすると、建物側から出て来た男もうなずいた。二人が刀を鞘《さや》に納めると同時に信吾は振り返り、鎖双棍を背後に向けて振った。

「命が惜しくなければ掛かっておいでなさい、お相手いたします。しかしお二人で道を塞いでそちらに気を取らせ、秘《ひそ》かに背後をねらうとは、お武家さまらしくありませんね」

「ははは、そこまでだな。許せよ、信吾とやら。余興だ、冗談だよ」と背後の男は大刀を鞘に納めると、二人の仲間に言った。「だからおれが言っただろう、瓦版に書かれていたのは嘘《うそ》でも、大袈裟《おおげさ》でもないと」

　言いながら男はゆっくり歩いて、仲間の横に並んだ。

　事情はおおよそわかったが、待ち伏せされて三人組に襲われた身としては、余興や冗談ではすまされない。黙っている訳にいかないのだ。

「付き纏った揚句に待ち伏せし、抜刀したもののまるで殺気が感じられませんでした。おそらくこういうことだと思っていましたが、余興だ、冗談だでは洒落《しゃれ》にもなりません。瓦版に書かれていたのが嘘か真《まこと》か、ひとつ賭けをしようではないかということになったのでしょう」とそこで信吾は建物の蔭から現れた、一番気の弱そうな男を睨《にら》んで詰問した。「いったい、いくら賭けたのですか」

「二分だ」

　建物の蔭から現れた男は、仲間の二人に睨まれて「しまった」という顔になったが、後の祭りだ。

「二分でございますか。一両の半分でございますね。それにしても安く見られた命ではありませんか」と不機嫌に笑い、抑揚のない声で続けた。「てまえがおだやかにようすを見たのでよかったですが、道を塞がれた途端に反撃に出ていたら、どうなったかわかりませんでしたよ。それを避けたいため、振り廻して威力をわかっていただき、刀を収めてもらったので事なきを得ましたが」

信吾に言われて初めて、そうなった場合のことに思いが至ったのだろう。三人は顔を見あわせたが、背後をねらった男が言った。

「だから許せというのだ、信吾。悪意があった訳ではない」

馴《な》れ馴《な》れしく名前を呼んでくれるな、と言いたいところだ。

冗談だったと笑ってすませたいようだが、悪意がなかったとはなんたる言《い》い種《ぐさ》だろう。軽い戯れのつもりかもしれないが、悪戯《いたずら》だったとしても、戯れのまえに悪という字が入っているではないか。

武士が許せと言えば通ると思っているのだから、始末に負えない。とは言え、口惜《くや》しくはあるものの、町人の身で「だったら謝っていただきましょう」と、強気に出ることもできないのである。

「わかりました。冗談だったということに、いたしましょう」

「ところで、それはいかなる武具であるか」

相手は鎖双棍から目を離さないまま訊《き》いたが、よほど気になるのだろう。

「武具ではございません。護身具、武器を持たぬ弱き者が、こういうときに身を護《まも》るための具でございます」

こういうときに、と力を籠《こ》めたが、耳に入ったかどうかはわからない。

「初めて見たが、なんと申す武具だ」

武具ではないと言ったのに、ブン廻しを目にすればそうとしか思えないのだろう。野犬の頭を打ち砕いたと言ったのが、頭にこびりついているにちがいない。

仲間同然の犬の頭を打ち砕くことなど有り得ないし、礼儀をわきまえている犬が信吾を襲ったりする訳がないのだ。

だが相手が武具と思っているのなら、それはそれでかまわない。信吾に訂正する気はなかった。

であればもうひと脅しすべきだろう。

「自在鎖《じざいぐさり》だと教えられましたが、八術《やじゅつ》殺しとも八術伏せとも言われているそうです」

「やじゅつ、……だと」

「剣術、鎗《そう》術、薙刀《なぎなた》術、鎖鎌《くさりがま》術、十手《じって》術、手裏剣《しゅりけん》術、棒術、杖《じょう》術、その八つの術すべてを打ち負かすことができると教わりました。十分な修練を経て身に付ければ、とのことですが」

てまえが身に付けていることは、先刻、承知でございましょうね、との意味を含ませておいた。

ある大名家の後嗣問題に巻きこまれたとき、深夜、武士に待ち伏せされたことがあった。そのとき、咄嗟《とっさ》の思い付きで口から出まかせを言ったのだが、相手の若侍が思った以上に怯んだのがわかったのである。

あのときも二名、今度も二名ということもあったからだろう、そのときの脅し文句を思い出したのだ。

だがそれを言ったために、相手はますます知りたくなったようである。

「見せてもらえぬか、自在鎖とやらを」

護身具を渡したために逆襲されては、一溜《ひとた》まりもない。信吾もそこまでお人好《ひとよ》しではないのだ。黙っていると、相手も諦めたようである。

「であれば、扱うところを見たい。さぞかし特別な用い方があろうな」

「ご容赦願います。日ごろ鍛錬を積まれておられるお武家さまにお見せすれば、一度に弱点を見抜かれて護身の用を成しませんので。それと敵の武器、つまり刀、鎗、薙刀、鎖鎌などですが、武器の種類と敵の攻め方に対して、無数と言っていいほどの組みあわせ方がございます。ですので単に型でと言われましても、お見せする訳にまいりません。実際に対決していただけるなら、そちらさまの攻めに対して、当方の護りと、攻撃をお見せできると思いますが」

「攻撃だと？　護身の具と申したではないか」

「はい。ですが命が掛かっている場合は、敵に止《とど》めを刺さぬかぎり、身を護ることはかないません」

さあ、いかがなさいますか。こちらは受けて立ちますよと、言葉ではなく態度で示す。

仁王立ちになって、相手を睥睨《へいげい》したのである。

「ま、後学のためにと思うたのだが、そこまですることはあるまい」

「お互いのためにも、そのほうがよろしいでしょうね。ところで夜も更けた時刻に、このような場所で立ち話もなんでございますので、てまえの借家まで同道願えませんか。ご酒《しゅ》で、咽喉《のど》を湿していただければと思いましてね。いえ、てまえが渇きを覚えましたので、軽くお付きあい願えればと。なにかと、訊きたいことがおありなのではないでしょうか。もっとも泊っていただくことはでき兼ねます。小僧と二人きりですので、お客さま用の寝具の用意をしておりません」

三人は目顔で遣《や》り取《と》りしていたが、背後をねらった男が言った。

「であれば、これも縁《えにし》というものかもしれん。迷惑でなければ、四半刻（約三〇分）ばかり寄せてもらうとするか」

縁とはしらじらしく、よくも言えたものである。

信吾としては、以後は付けねらわれたくなかったし、「おもしろきやつよ、愉快なやつよ」くらいに思わせて、後顧の憂いなきよう、気持よく別れたかったので言ったまでだ。

それにしてもこんな日もあるのだな、と三人の若い武士と黒船町の借家に向かいながら、信吾は思わずにはいられなかった。

武士を引き連れて歩くことになったが、これまでの流れからすれば、背後から斬り付けられる心配はないと見ていた。瓦版に書かれていたのが事実なのか、それとも大袈裟だったのかで賭けをし、どうやら本当らしいとわかったのだ。となれば危ない橋は渡るまい。

それにブン廻しを見れば、とてもそんな気は起こらぬはずだ。抜刀したときの構えや身のこなしからしても、さほどの腕でないと思われる。

どうやら、旗本の次三男坊たちの遊び仲間のようだ。集まって酒を飲み、退屈しのぎになるようなおもしろいことはないか、などと喋《しゃべ》りながら時間を潰している軟弱な連中にちがいない。

ちらりと洩《も》らしたので、おおよそのことはわかった。瓦版に載った信吾の記事、それも九寸五分《くすんごぶ》を持った、喧嘩《けんか》慣れした破落戸《ごろつき》に素手で立ち向かって撃退したのが、どこまで本当なのかが話題になったにちがいない。

瓦版に取りあげられたからには嘘ではあるまい。いや、瓦版は大袈裟に書くと決まっているので、子供の剣戟《けんげき》ゴッコに毛が生えたくらいだろうよ、などと意見がわかれたと思われる。

であれば賭けようということになったのだろうが、そのためには信吾の腕前をたしかめねばならない。

だったら人の居ないところで襲えばよいではないか。瓦版が大袈裟に書いたのであれば、試し斬りができる絶好の機会となる。

腕が立つ相手であれば、笑い話としてごまかせばすむ。こちらが三人なので、向こうも勝負に持ちこもうとはせぬだろう。

多分、そういうことで相談がまとまったにちがいない。

人に見られぬ時刻に見られぬ場所でねらおうと思って信吾の行動を探ったので、瓦版に掲載されてから二ヶ月近くの日数が必要だったということだ。

そう言えば若侍たちに待ち伏せされるまえに、母に頼まれて宮戸屋で客の相手をしたのも、やはり瓦版絡みであった。そのため、こんな日もあるのだと思ったのである。

瓦版に書かれた直後は、大波に何度も見舞われたものだ。人の噂《うわさ》も七十五日で、いつしかそれも収まろうとしていた。しかし完全には終結せずに、このような余波が押し寄せ、拡《ひろ》がろうとしているのである。

二

お客さまから声が掛かったとの連絡を受けていたので、夕刻六ツ（六時）に伝言箱を覗《のぞ》いてから宮戸屋に出向くと、待っていたように母が言った。

「あのときのお客さまのお一人が、信吾と話したいとおっしゃってるの」

「あのときって」

「だから七福神よ」

困ったことに母はときどき、信吾には当然わかっているはずだ、という言い方をすることがある。そのため訳がわからず戸惑うこともあるが、今回はちがう。七福神と言われ、ピンときた。

大名家の江戸留守居役たちが、ぜひとも信吾の話を聞きたいと、一席設けたことがあった。江戸留守居役たちは情報交換のために仲間でいくつもの組を作っているが、その組の場合は総勢七名である。

七人の都合が付くのが一月の十一日だけなのだと母に言われ、信吾は仕方なく集まりの席に出ることにした。そのときのだれかが、個人的に信吾を呼んだということのようだ。

「七福神のどなたでしょう。残念ながら、弁天さまはいらっしゃらなかったようですが」

「あの人たちは、お名前は名乗りませんからね。通称、渾名《あだな》、号などで呼びあってるようなの。いつ、どこで、だれに聞かれるかわからないからでしょうよ。特に大事なことは符牒《ふちょう》で話されるわ。ちゃんとした料理屋の女将《おかみ》や仲居は、聞いても聞かないことになっているのにね」

「お名前でなくてもいいですよ。渾名でも、通称でも、筆名でも、俳号や狂号でも、幼名でも、戒名でも」

「馬鹿おっしゃい。戒名だなんて縁起でもない」

「母さんは、戒名は死んだ人に付ける名だと思っているんでしょうけど、それはおおまちがい。もともとは仏門に入った人が師僧、つまり師匠の坊さんから与えられる名前だそうです」

「本当かしら。信吾はときどき、まじめな顔で冗談を言うからね」

「巌哲和尚に教えてもらいました。和尚さんが嘘を吐《つ》いたのかもしれませんが」

「だったら本当よ」

「和尚さんなら本当で、わたしなら冗談となるのですね。扱いに差がありすぎると思いませんか」

「それが不満なら、常日頃から信じてもらえるように努めなさい。だけどそうなると、戒名は関係ないでしょう。現役の江戸御留守居役さんが、仏門に入る訳がないもの」

「ところで、どなたでしょう」

「それは座敷に伺ってからのお楽しみ」

「わかった。母さんも知らないんだ」

「馬鹿なことを言うものではありません。二階奥の八畳間ですからね」

座敷としては狭いその部屋は、二、三人の静かに話したい客を案内することが多い。さてだれだろうと、七人の江戸留守居役の顔を思い浮かべながら、信吾は階段を上り廊下を進んだ。

あの日の顔触れは以下のとおりで、渾名か通称かはわからないが、呼称は次のようになっている。

末広——中肉中背。八の字眉なので好人物に見える。呼称は八の字眉を末広がりとみた洒落だろう。

白眉——一番の年長者で、揉《も》み上《あ》げに白髪が多い。背中が一枚板かと思うほど姿勢が良い。

深読み——大店《おおだな》のあるじのような印象で恰幅《かっぷく》がいい。七人の纏め役的存在。

御成道——喋り口は柔らかいが眼光が鋭い。下谷御成道に屋敷がある大名家の留守居役とみられる。

寡言――終始無言を通し、問われたことにのみ言葉少なに答える。「駒形」常連の桝屋のような人物。

学者先生――学者を思わせる風貌と雰囲気の男。

右手さん――一番若くて三十歳前後と思われる。意見を述べるとき右手を挙げる癖を持つ。

なお終わりの二人は、一月十一日の集まりでは名や渾名を呼ばれたことがなかったため、信吾が仮に付した呼称である。

七人の江戸留守居役のうちの一人が呼ぶように言ったと母の繁に聞いて、信吾が見当を付けたのは寡言と呼ばれていた人物であった。

理由はこうだ。

最初に挨拶したとき信吾を見て驚きを顔に表したし、信吾がほかの留守居役たちと話しているときにも、絶えず視線を感じていた。だれもがそれに気付いたようで、何人もに問われて次のように渋々と話し始めたのである。

まだほとんど知られていないが、陸奥《みちのく》のさる大名家でお家騒動があったとのことだ。知恵ある若侍の働きというか暗躍で、どうやら表面化せずに収束したらしい。

嫡男と次男をそれぞれ推す勢力が争うとのよくある構図で、嫡男が側室の子で次男が正室の子であった。正室は格が上の大名家から嫁いでおり、側室が町人の娘ということで争いが起きたのである。「長幼の序」を取るか血筋の良さを取るか、ということになった。

結局、側室の子、つまり嫡男が継ぐことに決まったそうだ。ところが寡言は、信吾が次の藩主と決まった側室の子に、似てるはおろか瓜《うり》二つだと言ったのである。

寡言と呼ばれた男が口を開くなり、すぐに信吾にはわかっていた。十両の手付で請けた信吾が、嫡男の身代わりとなって若侍の目的を成就させたことがあった。手付とはべつに百両という大金を得た、あの騒動について言っているのだと。

だが信吾としては、関わったことを微塵《みじん》も知られてはならない。

初めて聞いたと驚いてみせ、世の中には自分にそっくりな人が三人いると聞いたことがありますからと惚《とぼ》けた。自分に瓜二つというほど似た方が、大名家の跡継ぎにいらしたとは、思ってもおりませんでしたと押し通したのである。

ほかの留守居役たちは、他人の空似ということで納得したようであった。

だが寡言は、信吾がお家騒動になんらかの関わりを持っているのではないか、と考えたのかもしれない。血の繋《つな》がりがあるのではないか、もしかすると双子の片割れかもしれない、などと。

まさか長子が藩主になる道を拓《ひら》くことに、信吾が貢献したとは思いもしていないだろうが、と思いを巡らせたのであった。

七人のだれかから声が掛かるとすると、信吾には寡言以外に考えられなかったのである。

「信吾でございますが、お待たせいたしました」

「おお、待っておったぞ。入れ」

その声でわかった。

なんと白眉と呼ばれていた最年長者だったのだが、今回の件ではまず有り得ないだろうと、最初に候補から除外した人物であった。

なぜなら宴席の冒頭で信吾が武家に呼ばれたのは初めてだと打ち明けると、それみろ、まともな武家は瓦版などに興味を持たぬものだ、と言い放ったのである。その後も、庶民的な野次馬根性に絶えず苦言を呈していた。

だから信吾は、白眉が自分を呼んで話を聞くことなど、有り得ないと頭から思っていたのだ。

しかし座敷のまえで、待っておったぞとの第一声を聞いた瞬間に、まざまざと思い出した。七人の纏め役的存在である、深読みと呼ばれた男がこう言ったことを。

「言葉とは裏腹に、白眉どのは瓦版に書かれた信吾という若者に、会いたくてたまらなくなったということだ。自分の口から言う訳にゆかぬので、渋々従う振りをされたのであろう」

深読みの言が正しいとすると、白眉こそ七人の中で一番の野次馬で、それを見破られぬようにと、厭味《いやみ》を言い続けていたのかもしれないとなる。とすれば少々厄介だな、と信吾はいくらか身構えざるを得なかった。

「ご足労である。過日は取り留めもないことを訊かれて、うんざりしたのではないか」

「いえ。商人には縁のないお話を伺うことができまして、それから御留守居役さまのお仕事の大変さを垣間見《かいまみ》ることができ、たいへん参考になり、また楽しゅうございました」

「役目柄ということもあろうが、変わり者ばかりで呆《あき》れたのではないのか」

「いえ、そのようなことはございません。それに、座敷に呼んでいただかねばわからぬこともなにかとありましたので」

三

白眉の目が鋭くなった。揉み上げには白髪が多いが、残念ながら眉に白毛は一本も生えていない。そして、瞳は壮年のように黒々としているのである。

「わからぬこととな。例えば」

「皆さまはお名前でなく、愛称で呼びあっておられました」

「愛称は褒めすぎであろう。信吾が思うておるよりずっと俗っぽい。皮肉や揶揄の意味が濃いものもある。で、どのような名が耳に残っておるか」

「まず白眉さま。お集まりの中で飛び抜けたお方として、当然だと思いました」

「だから褒めすぎだと申したのだ。四男坊だからというだけで、揶揄の意味あいのほうが強い」

「四男坊だからですか」

「馬良とおなじよ」

「ですが御長男でないのに、御留守居役になられたのは、優秀だからこそでございましょう」

「長兄が父の跡を継いで留守居役に就いた。次兄、三兄は養子にもらわれて行った」

養子に請われるのは有能なればこそだ。

「ところが長兄が亡くなった」

「そうでございましたか」

「養子に出た兄を引きもどすことはできぬ。それでわしにお鉢が廻って来た、というだけのことでしかない。なにが白眉なものか。ほかに耳に残った名はあるか」

「末広さま」

「なぜそう呼ばれておるか、見当が付いておるようだな」

見当は付いていたが、こと顔貌に関しているし、しかもお武家である。口にすることなどできはしない。

信吾がためらっていると、かまわぬから申せと言う。二人だけゆえ遠慮することはないと続け、わしが知りたいと言うに話せぬか、と脅されては言わぬ訳にいかない。

「畏れながら、八の字眉ですので、それを末広がりと洒落たのでは、と」

「なるほど。ほかには」

深読みさんは、あの折の会話で、深読みで世の中を渡って来た御仁であると、だれかが言っていた。御成道は下谷御成道に屋敷があるからではないのか、寡言は終始無口を貫いていたからだと思う、と信吾は自分なりの考えを述べた。

「おもしろきやつよ。若きに似ず、観察が鋭く読みが深いな」

「それだけみなさまが、魅力的であられるということでございましょう」

「信吾は齢《とし》にしては物事をよく知っておるし、ものを見る目にも、その解釈にも独自なものがある。おぬしなら、そこそこの藩の留守居役なら務まるのではないか」

「滅相もない」

信吾は権六親分から、その気になれば腕のいい岡っ引になれるのだが、と言われたことがある。甚兵衛からは、宮戸屋を継いでおれば正右衛門さんを超える商人になれるだろうと言われたが、まさか大名家の留守居役になれると言われようとは、思いもしなかったのである。

「残りの者については」

と、留守居役の白眉が言った。

「あとのお二人はお話し中に、特に名前や愛称で呼ばれておりませんでしたので、てまえが自分で勝手にお呼びしております」

「ほほう、なんと」

「学者を思わせる風貌と雰囲気のお方は、学者先生」

「あの男の渾名は紙魚である」

「シミ、……紙の魚《うお》の、でございますか」

「さよう。本の虫であるからな」

「なるほど。おもしろうございます。一番お若い方は右手さん。意見を述べられるとき、かならず右手をお挙げでしたので」

「右手さんは、信吾らしきすなおな命名であるな。あの男の渾名は若干《じゃっかん》だ」

「二十歳でございますか。とてもそうは見えません。三十歳前後だと思っておりましたが」

「弱冠《じゃっかん》の意味を知っておったか」

白眉は感心したようにそう言った。

古い時代の唐土《もろこし》では、男子二十歳を「弱」と称し、元服して冠を被《かぶ》ったとされている。それから派生して年が若いことを弱冠と言う。

「あの男は三十二歳だから、弱冠と呼ぶにはかなり苦しいな。いくらか、とか、少しの意味の若干だ。なに、芸はない。若干が口癖だからだよ」

「なるほど」

頻出させていたら信吾も気付いたにちがいないのだが、あの日の会話に「若干」の口から若干という言葉は、若干も出てこなかった。

そのように、前回の集まりの折のことに話は弾んだのであった。

そうしながら白眉は極めて自然に、自分の知りたい方向へと話題を導いていった。気が付くと信吾はそのことを話していたのである。

大病から快復した信吾は、なにかを成すために自分はおおきな力によって生かされたと感じたと、前回の集まりで話した。そのためよろず相談屋を始めるに至ったのだと。

白眉は、その過程を詳しく知りたいと打ち明けた。

年輩の武士が自分の話を聞きたいと、わざわざ一席設けてくれたとなれば無視できない。

「大病のことから始めねばなりませんが、てまえはなに一つとして憶《おぼ》えてはおりません。

のちになって両親と祖母、そして医者の源庵《げんあん》先生から聞いたことだと、ご承知おきください」

そう前置きして信吾は話したのであった。先日の集まりで話したことをなるべく具体的に述べたので、重複する部分もあった。

信吾は三歳のある日、不意に引きつけを起こし、呻《うめ》き声《ごえ》をあげて意識をなくしてしまった。目がつりあがり、歯を喰《く》い縛って、体を固く反り返らせてしまったのだ。体全体がガクガクとおおきく揺れ動き、瞼《まぶた》が激しく痙攣《けいれん》した。たいへんな熱だったそうだ。

正右衛門と繁はあわてふためき、もしかするとこの子は死んでしまうのではないかと、顔色を喪《うしな》ったという。それくらい凄《すさ》まじかったらしい。

源庵先生が駆け付けたときには、信吾はだらんとなって、寝入ってしまっていた。ただ安らかとは言えず、びっしょりと汗を掻《か》き、呼吸は通常の倍ほども早かったそうだ。

「引きつけですな。程度の差はありますが、五歳まえの子供の三人に一人は罹《かか》る、ありふれた病ですので気になさらずともよろしい」と言って、源庵は両親を安心させた。

「一刻（約二時間）か二刻ほどでふたたび引きつけることがありますが、焦らずに着ている物を弛《ゆる》めてあげてくだされ。発作が起きたら舌を咬《か》まないように、箸に布を巻いたものを咬ませるとよいでしょう」

源庵先生はそう言ったが、信吾の熱はさがらず、繰り返し引きつけを起こした。源庵は毎日来診したが、二日、三日と続くと次第に表情が深刻になった。

「唐土の書物なども調べましたが、このような例は出ておりませなんだ。まだ三歳と幼いですので、薬の服用には慎重にならねばなりません。ともかく全力を尽くしますが、最悪の場合の覚悟もなさってくだされ」

源庵は初日に解熱薬を、大人の十分の一だけ与えたが効果がなかった。そのため二日目に五分の一、三日目には三分の一と量を増やしながら、少しずつ飲ませたのである。

ところが丸三日がすぎると、まるで嘘のように熱がさがった。

命だけは取り留めることができたが、幼い身に三日の高熱と引きつけでは、影響が出ぬ訳がない。なんらかの障りが残ると覚悟するように、と医者は言った。

熱がさがってからも眠ったままで、目を覚ましたのは一昼夜が経《た》ってからである。重湯から始めて慎重に慣らし、まともに食べられるようになったのは七日後であった。

正右衛門と繁は腫れ物に触るように接したが、両親の危惧《きく》をよそに信吾は健康を取り戻すことができた。源庵先生も奇跡でしかないと、驚きを隠さなかったほどだ。

信吾は成長してから、自分が周囲の同年輩とはちがっていると自覚するようになった。危険が迫ったときなどに生き物の声が聞こえることもそうであったが、さすがにそのことは白眉には黙っていた。

白眉が強い興味を示したのは、信吾が自分は人のためになにかを成すために生かされたとの閃《ひらめ》きを得た、という部分であった。

「どのような閃きを、なにかの契機とか、そういうことがあったのであれば」

「それが実はよくわからないのです。幼き頃から、繰り返し聞かされていたので、自分の裡《うち》なる声が聞こえたのか、天の声だったのか、はっきりとしません」

「声を聞いた、あるいは聞いた気がした、ということであるな。いかなる声であったか」

「おまえには成すべき仕事があるので、生かされたのだ、と聞こえました。なにを成すべきなのでしょうかとの問いには、自分で考えよと突き放されました」

「それで、よろず相談屋を始めることにし、そのために将棋会所を併設したということであるな」

その後もなにかと語りあったが、白眉はおおいに満足して江戸藩邸に帰って行ったのである。乗物と呼ばれる高級な駕籠《かご》が待ち、護衛の供侍は飲む訳にいかないので、一階で食事だけをしたとのことであった。

「あの方が、あれほどご機嫌なのは初めて。信吾、一体どんな手妻《てづま》を使ったの」

たっぷり心付けをもらったらしく、母こそ上機嫌であった。

信吾には心当たりがない訳ではない。留守居役という役目からすれば、どのようなことであろうと、知っていて邪魔になることはないとだれかが言ったのに対し、白眉はこう続けたのであった。

「たしかに、なにに役立つかは知れたものでない。黄表紙《きびょうし》とやらをものした御仁もござるでな。珍譚《ちんたん》、奇譚、怪異譚などをせっせと集めて、書き貯《た》めておる者もいるようだ。この中にも、いないとは言い切れん」

「惚けておられるが、白眉どのこそ秘かに書いておられるのではござらぬか」

そう言って一座を笑わしたのは、集まりの纏め役の深読みだった。あの言葉は案外正《せい》鵠《こく》を得ているのではないか、信吾はそんな気がしたのである。

信吾が瓦版絡みで、大病から快復し、閃きを得てよろず相談屋を開所した経緯を白眉に話した、その帰りであった。またしても瓦版絡みで、信吾は若い三人の武士に待ち伏せされたのだ。

それも瓦版が出てから、およそ二ヶ月になろうというのに、である。まさに、奇妙な縁と思うしかなかった。

四

信吾は掛け金具を外して格子戸を開けた。

十三夜の月で屋外はほのかに明るいが、屋内はほぼ闇である。慣れている信吾にはそれほどでなくても、初めての者は動くこともできないだろう。

三人に断り、用意が調うまで土間で待ってもらうことにした。

燭台《しょくだい》を点《つ》けて八畳間に置くと、信吾は手燭で足元を示しながら若侍たちを座敷に導いた。

信吾がもどることを考えてだろう、常吉が火鉢に炭火を埋《い》けてあった。炭入れも準備してあったので、灰の中から種火を掘り出して炭を積み並べる。

「すぐに準備いたしますので、このままお待ちいただけますか」

三人に火鉢の周りに坐《すわ》ってもらうと、信吾はそう断って勝手に廻った。

水屋の下を開けて一升徳利を取り出すと、盆にぐい吞《の》みを人数分並べた。

八畳間に引き返すと、手持無沙汰の三人は床の間の掛軸や、壁の貼紙などを所在なげに見ている。

「燗《かん》を付けますが、上方《かみがた》からの下り酒ですので、冷やでも召しあがっていただけると思います。いかがいたしましょう」

「では、もらおうか。体の芯まで冷え切っておるでのう」

そう言ったのは、先刻、大川端で信吾の背後をねらおうとした若者である。一番体格のいい男で、どうやら三人の中では頭領格であるようだ。

信吾は徳利から男の器に酒を注《つ》ぎ、ほかの二人もうながしてそれぞれに酒を注いでいく。

「燗を付ける用意をしますので、そのあいだ手酌で願いますね」

すぐに勝手に引き返し、平底鍋に水を六分ほど入れた。ちろりを二つ用意して座敷に引き返す。

炭が赤々と熾《お》きているので五徳に鍋を置き、ちろりに酒を注いで鍋に立てた。

「小僧との二人暮らしなもので、気の利いた肴《さかな》はおろか、つまめるような漬物さえ用意できません」

「手数を掛ける」

そう言ったのはやはり先ほどの男で、建物の蔭から出て前方を塞いだ男は、空になったぐい吞みの中をじっと見ている。そしてしみじみとつぶやいた。

「上等の、いや極上の酒であるな。咽喉越しがなんとも言えずよいし、胃の腑《ふ》に納まったと思うと、じわーッと全身が温《ぬく》もるのがわかった。燗をせずともよいくらいだ」

「燗が付くのを待てぬのであろう」と言ったのは、柳の蔭から出て来た男である。「そう言えば瓦版にあったが、信吾の実家は高名な料理屋であったな」

「そうよ。われら貧乏旗本の部屋住み厄介には、敷居を跨《また》ぐこともできん。信吾のお蔭で、このような銘酒を吞めるということだ」

「ところでみなさま、お名前を伺ってもよろしいでしょうか。いえ、瓦版をご覧になれて、てまえが信吾だということはみなさまご存じですが、こちらはお名前を存じあげておりません。せっかくお近付きになれましたのですから」

　三人は顔を見あわせたが、口を切ったのはやはり背後をねらった男であった。ほかの二人はたいした腕と思えぬが、目の動きが定まったこの男はいくらか使えそうな気がした。

「そうであったな。親しくなったので、当然われらの名を知っておるように思っておったが、まだ名を告げておらなんだか。拙者は坂下泉三郎《さかしたせんざぶろう》と申す」

　親しくなった、との意味にはおおきなズレがあるが、顔に出ぬように気を付けた。

「俵元之進《たわらげんのしん》」

　続いて名乗ったのは、柳の蔭から姿を見せた男だ。赭《あか》ら顔《がお》で肥満している。

「前原浩吉《まえはらこうきち》でござる」

　最後は建物の蔭から出た男で、目がキョトキョトして落ち着きがない。

　おそらく序列も坂下、俵、前原の順ではないだろうか。

「坂下さま、俵さま、前原さま」と、順に名を繰り返してから信吾は頭をさげた。「改めまして、よろしくお願い致します」

「こちらこそ、よろしく頼む」

　坂下が代表して挨拶したが、頭をさげることはなかった。そして切り出した。

「この家《や》を出るときから、われらが見張り、尾行したことに気付いておったとのことだが、気配がわかったとなると、そのほうは相当に鍛錬しておるな。それとも簡便に見抜く方法でもあるのか」

「いいえ、自然とわかりましてございます」

「どういうことだ。口笛には気付かれたようだが、信吾は振り返ったり、われらをやり過ごしたりせなんだであろう。でありながら、なぜにわかった」

「みなさまが素人《しろうと》だからでございます。おっと、立腹なされますな」と、余裕を持って信吾は続けた。「御番所、町奉行所でございますね。懇意にしていただいておりますお同心の方に、教えていただきました。あの方たちは何人かで組になって跟けるか、気配を消すかされるとのことでした」

「組んでやるというのはなんとなくわからぬでもないが、気配はいかにして消すのか。そんな方法があるのか」

「わかりません。それに頼んでも教えてくれませんでした。そこで、てまえが疑わしそうな顔をしますと、こう言われました。そのうちに完璧な尾行をやってみせるから、明日以降、われらが常に見張っておると心得て動くがよい。万が一、気付くことがあったら、何日何刻《いつなんどき》、どこそこにて跟けられたと控えておけ。後日、それがまちがいなければ、望みの物を取って遣わそう、と言われました」

「で、気付くことができたのか」

「てまえは将棋会所とよろず相談屋をやっておりますので、湯屋に行くとか、宮戸屋に出向く以外、ほとんどこの家を出ません。ですので尾行されるのは、相談屋の仕事で打ちあわせに出るときとか、その関連で調べごとに動くときにかぎられます」

「なるほど理屈だ」

「相談屋の用で動いた日、気を張り詰めておりましたが、どうやらその日は尾行されてはいなかったようです。てまえはそれを、向こうさまの作戦だと考えました。何度かすっぽかして油断させ、気が緩んだのを待ってから尾行すると考えたのです。御番所の同心の方なら、いかにもそのくらいのことはやりそうですから」

「もっともだ」

「ところが翌日、件《くだん》の同心がニヤニヤ笑いながらやって来て、紙片を一枚見せました。あれほど驚いたことはございません」

「跟けられていたのだな」

「それだけではなかったのです。何刻にどこでだれに会ったというだけではなく、どんな話をしたかまで書かれておりました」

「話した内容までか」

「さすがに詳細がわかろうはずはありませんが、なにについて話したかは書かれておりました。完膚なきまでにやられたと思いましたよ」

「そこで礼を尽くして教えを請うたのだな」

問いを発するのはほとんどが坂下で、簡潔だが的を射ている。俵と前原は、二人の遣り取りを黙って聞いていた。

燗が付いたようなので若侍たちの器に注ぎながらも、信吾は会話を途切らせなかった。

空になったちろりに徳利の酒を満たし、平鍋に立てることも忘れない。

「はい。ですが、教えてはくださいませんでした。その代わり酒を奢《おご》らされましてね。それも、たっぷりと」

「でありながら、なぜにわれらの尾行に気付いたのだ。しかも、最初から気付かれておったのだからな」

信吾はしばし考えた。いや、その振りをした。若侍たちの、あまりの世間知らずに呆れたのである。

少人数ゆえ多忙を極めている町方の同心が、町人の相手などできる訳がない。

たとえ手先として使っている岡っ引にやらせたとしても、個人である信吾を付きっ切りで見張るなどということは、どう考えたってむりである。信吾が犯罪に絡んでいるならともかく、いわばちょっとした賭けにすぎないのだから、だれが調べたりするものか。

その程度の判断さえできぬ相手なら、さらに叩《たた》きこむべきだと信吾は思った。

「自在鎖の」

うっかり鎖双棍と言うところであった。危ない危ない。連中には大川端で威力を見せ付け、もったいぶって自在鎖と言ったばかりではないか。鎖双棍などと言いまちがえば、これまでの苦労がぶち壊しになってしまう。

「自在鎖のブン廻しを毎日やっているお蔭で、自然と気配を感じることができるようになったのだと思います」

「どういうことだ」

「先ほど自在鎖を頭上で振り廻しましたが、あれをブン廻しと申します。鋼の輪が繋がって鎖になっておりますが、握ったほうの反対側の棒に近い鎖の、その繋がり目を見る訓練を繰り返します」

「鎖の繋がり目、だと。振り廻しておれば見える訳がなかろう」

「仰せのとおりです。普通に振り廻せば絶対に見ることができません。ですのでゆっくりと振り廻すのです、見える速さになるまで。繰り返していますと、何日かすれば繋がり目がはっきり見えるようになります。そうすれば少しずつ、廻す速度を速めていくのです」

「今でも続けておるのか」

「はい。よほどの大雨でないかぎり、毎日やっております」

「瓦版には九歳から護身術を学び始めたとあったが、そのときから自在鎖の鍛錬を続けておるのか」

「いえ。九歳で棒術と体術、柔術とも呼ぶそうですが、そちらを。十五歳から剣術を、その二年後から自在鎖を学んでおります」

「瓦版には二十歳とあったゆえ、丸三年も毎日欠かすことなく続けておるのだな」

「明けて二十一歳になりましたので、四年目に入りました」

「だがそれだけで、まことに気配が感じられるようになるのか」

「それは先刻、待ち伏せを受けた折に明らかにできたと思いますが。姿が見えなくとも前方にお二人、後方にお一人、坂下さまでございますね。あのときには名前を存じあげておりませんでしたが」

三人は顔を見あわせた。信じがたいが、信じるしかない、ということだろう。

「自在鎖のブン廻しを続けておりますと、相手の動きが遅く見えます」

「動きが遅く見えるだと。動きというものは常に決まっておるゆえ、遅いも速いもなかろうが」

理屈っぽい言い方をしたのは、赭ら顔で肥満した俵元之進であった。

「実際にはそうでしょうが、ゆっくりと見えるようになるのです」

首を傾《かし》げているので、信吾は瓦版に書かれていたことを例に出した。

「ならず者が不意に殴り掛かったと、瓦版には書かれていましたね。おそらくだれの目にもそう映ったと思います。ですが自在鎖で鍛錬したてまえには、握り拳を作り、それをそっとまえに押し出したぐらいにしか見えませんでした。であればだれだって避《よ》けられます」

「理屈ではそうだろうが」

「やはり瓦版には、九寸五分を抜く手も見せずとありましたが、てまえにすれば盆踊りの手捌《てさば》き程度のゆっくりさ、にしか見えませんでした」

おっと、これは巌哲和尚が言っていたことだったと思い出したが、構うことはない。

信吾は父母や祖母、巌哲和尚、甚兵衛や「駒形」の常連たちには、ならず者が酔っ払って赤い顔をし、足もとがふらついていたことを強調した。だから自分でもなんとかできたのだ、と。

だがこの三人にはそんな必要はなかった。酔っていたことなどは曖気《おくび》にも出さない。いかに凄《すご》い相手を撃退したかを、目いっぱい吹きこんで可能なかぎり脅しておけばいいのである。

「ところでみなさま方、夜もだいぶ更けてまいりましたが、お家《うち》の方が心配なさっているのではありませんか。いえ、急《せ》かすつもりはありませんが」

「家の者が心配しておらぬか、だと」

喋り方がおかしいのでそちらを見ると前原であったが、あまり酒に強くないらしく、真っ赤な顔をして目が据わっている。

「心配などするものか。むしろ、消えてしまえばよいのに、ただし家族に迷惑を掛けることなく。その程度でしかねえのよ」

「まさか」

「商人はなんとでも潰しが利くだろうが、小身の次三男坊などというものは穀潰《ごくつぶ》し、まさに部屋住み厄介なのだ。総領になんぞあった場合、つまり死ぬか、大病や大怪我《おおけが》で出仕ができなくなったときだな、そのときの予備でしかねえ」

「前原さま、飲みすぎではございませんか。水をお持ちしましょうか」

「だらしねえなあ」と、言ったのは俵であった。「前原は強くはないが、わずかな酒でこれほど酔うのは珍しい」

つい飲みすぎたのかもしれないが、空《す》きっ腹《ぱら》に堪《こた》えたということだ。

信吾は宮戸屋で某藩の江戸留守居役の白眉と、ゆっくりたっぷりと飲み喰いした。だが黒船町を出るときから今まで、場合によっては昼食以降、三人は腹になにも入れていないはずである。

空きっ腹に酒を流しこめば、酔って当然だろう。

気の毒と言えば気の毒だが、自業自得と言えぬこともない。

「ふん、これくらいの酒で酔うような前原浩吉さまじゃねえよ。見縊《みくび》らんでくれと言いたいね。気楽に日々をすごしておる商人なんぞに、武士の、それも部屋住み厄介の苦労がわかってたまるものか」

「苦労、でございますか。一体どのような」

坂下や俵が口を出すより一瞬早く、信吾はそう言った。二人は厭がるかもしれないが、ぜひとも聞いておきたいところだ。

「一体どのような、だと。商人は気楽でよいのう。よいか、信吾」と、前原は酒臭い息を吹きかけた。「武家ではな、おなじ血を分けた兄弟であっても、天と地の開きがある。主従よりもひどい。長子は一段高い畳敷きの座敷で食事を摂《と》り、それ以下は一段低い板の間で喰わねばならん。それだけではない。皿数がちがうのだ。つまり料理の数がちがう。おなじ料理だと量がちがう。妻は娶《めと》れぬが、身の周りの世話をする女はあてがわれる。ところが女が孕《はら》んでも、生まれた子は間引かれるのだ。後嗣問題が起きぬようにとの予防でな。一事が万事こうなのだぞ。なのに、なぜに生かされておるかわかるか、信吾さんよう」

わかっていたとしても、うっかり言えないではないか。

「長子になにかあった場合の、つまりおっ死《ち》んだおりの予備でしかねえのよ」

前原は、先ほど言ったばかりのことを繰り返した。坂下が不快さを顔だけでなく全身に表した。

「もう遅い。それに酔っておる。引き揚げようではないか」

「大丈夫でしょうか。奥の部屋に蒲団《ふとん》を延べたほうがいいのでは」

「いや、連れて帰る。厄介を掛けたな」

坂下がそう言うと、俵が唇を突き出すようにしたが、どうやら喋ることを纏めていたらしい。

「妙な具合だ。前原は口が軽いという訳ではないのだが、なんでこんなことまで喋ってしもうたのか」

それには、すぐに坂下が考えを述べた。

「おれも気付いたが、信吾と話しておると、まるで朋輩《ほうばい》を相手にしたようになるから妙だ。気を許した前原は、酔ったことで普段ならまず口にすまいことまで、洩らしてしもうたのだろう。信吾が腹に一物も持たぬことが自然とわかるので、自分の腹の裡をさらけ出してしまいたくなるのかもしれん。それにしても、今どき珍しく気持のいいやつであるな、信吾は」

「いえ、みなさまこそ気持のいい方ばかりです。今日はこれでお別れしなければなりませんが、時間ができましたら、お寄りくださいませ。将棋会所ではありますが、指さない方も歓迎いたします。あ、それからよろず相談屋もやっておりますが、もっともこちらで扱えるような悩みは、お持ちでないでしょうけれど」

「ない訳はないが」と、坂下は苦笑した。「ないどころか山積しておるのだ。だが、いかに信吾といえども手に余るだろう」

前原は見た目よりも酔っていて、まさにぐずぐずの状態であった。

坂下と俵が左右から脇に肩を入れ、出入り口まで連れ出した。なんとか雪駄《せった》を履かせ、やはり肩を入れて屋外に連れ出した。

十三夜の月が西空に移っていた。

体がぐにゃぐにゃになる酔漢は、死体より扱いにくいと言われる。二人の若侍は、仲間を半ば引きずるようにして連れて行く。

信吾は日光街道まで見送った。

「いつでも気楽にお寄りください」

「厄介をかけた。それに馳走《ちそう》になったな」

「いえ、なんのお構いもできませんで」

信吾は三人の姿が朧《おぼろ》になるのを待ってから引き返した。どこまで帰るのかは知らないが、各町の木戸番に開けてもらわねばならないのだ。酔っ払いを連れてとなると、なにかと訊かれて煩わしいことだろう。

格子戸の内に入り戸締りをする。

座敷に上がろうとすると、寝ぼけ顔の常吉が突っ立っていた。

「起こしてしまったか。すまなんだな」

「お客さまだったんですね。お帰りのときまで、気が付きませんでした」

「宮戸屋からの帰りに知りあってな。話が尽きぬので来てもらったのだ。いいから寝なさい」

「はい。では、お休みなさい」

八畳間の火の始末をしてから奥の六畳に入ると、常吉が蒲団を延べてくれていた。

五

「また七福神なんだけどね」

母の繁にそう言われた信吾は、座敷に出ない訳にはいかなかった。白眉の席に出て、ほかの留守居役の席に出なければ、気を悪くするに決まっているからだ。

こういうことは、本人が黙っているつもりでいても、なにかの折にポロリと洩れてしまうことがある。人との関わりの微妙な部分では決して手を抜いてはならないと、父正右衛門に絶えず言われていることであった。

「どういうつもりなのかしら」

「どうって」

「みなさんがお集まりの席に呼ばれたでしょう。集まりからひと月も経って白眉さんに呼ばれたと思ったら、ほどなくべつの方から声が掛かった。七福神は二人目だもの。こんな調子で七人の方の席に順に呼ばれるとしたら、信吾はたまったものではないわね」

しかし母はホクホク顔だろうと思う。

祖母の咲江と話しているのを耳に挟んだことがあるが、大名家の江戸留守居役ともなると、心付けが破格なのだそうだ。金額に関してはわからないものの、どうやら一桁はちがうようであった。もっとも女将や仲居だけでなく、奉公人総出で、下へも置かぬおもてなしをするからでもあるだろうが。

とすればここは黙って母の頼みを受け、恩を売っておくべきだ。そう思った瞬間に、自分がなぜか薄汚れてしまったような気がした。要領がいいというか、計算高いというか、相当に小狡《こずる》くなってきたなと、信吾は苦笑するしかなかったのだ。

「となると、願掛けをしておいたほうがいいですよ、母さん」

「どういうことなの」

「七福神の全員から、声が掛かりますようにってね。全員から呼ばれたら満願。なにかどえらい願を掛けておきなさいよ。こんなことは滅多にないだろうから」

「馬鹿おっしゃい」

母は一蹴したが、腹の底では案外、心を動かされていたのではないだろうか。信吾が留守居役たちの席に招かれ、それから間を置いて、白眉に声を掛けられたのだ。しかも老いた江戸留守居役は、これまでに見たこともないほどの上機嫌で帰って行った。気のせいでなく親密さが増し、いい方向に動き出したような気がする。

客を待たせてはならない。

階段をゆっくりと上りながら信吾は、今回はなにも考えず、心を白紙にして座敷に向かった。会所の床の間に掛けた軸にある「行雲流水《こううんりゅうすい》」のごとく、相手や状況にかかわらずいかようにも対応すべきなのだ。自然の流れを尊重しなければならない。

前回、絶対にまちがいないだろうと確信していたのに、寡言ではなくて、一番可能性が低いと睨んでいた白眉ということがあった。なにごとも決めて掛かっては、自然さを損ねてしまいかねない。

「お待たせして申し訳ありません。信吾でございます」

「おお、入れ」

信吾は将棋会所と相談屋の仕事を片付けてからになるので、六ツを少しすぎると、母から客にそう言ってもらっていた。

黒船町のよろず相談屋と東仲町の宮戸屋は八町（九〇〇メートル弱）ほどしか離れていないので、ほとんど時間は掛からない。ところが六ツをわずかにすぎただけなのに、すでに客は飲み始めていた。

一番の若手で白眉に教えられた仲間内の呼称では「若干」、信吾が仮に「右手さん」と呼んでいた男である。

「あなたさまでしたか」

「女将に聞いておったであろうが」

「先日の江戸御留守居役さまのお一人です、とだけ」

「ほう」

「料理屋の女将や仲居は、贔屓《ひいき》にしていただくようになってからも、お客さまに関することは口外しないことになっていると教えられました。だからこそ、信用していただけるのだと」

「もちろんわかっておるが、女将が息子に対してさえそうなのか。そこまで徹しておるとは、思いもせなんだ」

「お礼が遅くなりましたが、此度《こたび》はてまえに声をお掛けいただき、まことにありがたく存じます。先日はみなさまのお話を楽しく伺いましたが、本日はどのような」

「改まって言われるとなんだが、あの集まりは年寄りばかりで息が詰まってならん。ゆえに若い者同士で、それも馬鹿話をして気を晴らしたくなった。わしの気紛《きまぐ》れに付きおうてくれ。と申してもわしは信吾よりひと廻りも上だから、若いと威張る訳にいかんな。

若い者と言うには若干だが齢を喰いすぎておる」

やっと出た。呼称、いや渾名の由来である「若干」が。

信吾はなぜか重荷がおりたような気がして、思わず微笑《ほほえ》んでしまう。

「十分に、お若《わこ》うございます」

「ご老体たちに較《くら》べればたしかに若い。なにしろ老人ばかりで中年はわし一人だからな。おっと、初老が一人いたか」

「末広さまと呼ばれていた方でしょうか」

「さよう。初老はあの男だけだな」

三十代になれば中年、四十代からは初老、五十歳を超えると老人となる。人生五十年と言われているのだから、三十二、三の若干は立派な中年であった。

「だが若いと言っても中年では、目糞鼻糞《めくそはなくそ》を笑うに等しかろう」

「ですが、三十歳をいくつか超えたばかりで御留守居役ということは、いかに優秀であるかということ」

「優秀か。であればなんの苦労もないが」

あるいは若干が信吾を呼んだことに関係があるのだろうかと思ったが、迂闊《うかつ》に言葉を挟むことはできなかった。

信吾と馬鹿話をして気を晴らしたいと言っておきながら、相手の表情は次第に陰鬱の度を増してゆくように感じられてならない。

「運不運とか、巡りあわせということもあってな」

なにに関して言っているのか、信吾には見当も付かなかった。

「と申されますと」

「白眉どのとほぼおなじ、と言えぬこともない」

その微妙な言い方からすると、先日の白眉は、謙遜ではなく事実を自嘲気味に語ったのだろうか。

白眉の呼称は、その名で呼ばれることになった馬良に似て優秀だからだ、と信吾は思っていた。四男でありながら父の跡を継いで留守居役に就いたのだから、そう考えて当然ではないか。

白眉は長兄が父の跡を継いで留守居役に就き、次兄と三兄は婿養子となってもらわれて行ったと言った。

ところが長兄が亡くなったので、四男のかれにお鉢が廻って来た。本来の白眉である馬良とおなじ四男だから、からかい気味に白眉と呼ばれているだけだ、と言ったのである。

ひどく鬱屈したものを感じたが、信吾は訳がわからないという顔をするしかない。

少し間を置いて、若干と呼ばれる若手は言った。

「そうか、信吾は聞いておらぬか」

白眉が洩らした事情だろうと思ったが、目のまえの若手にも関係していそうなので、うっかり喋ることはできない。

聞いてはおらぬかと訊きはしたものの、若干は白眉と白眉の家や家族のことについては触れなかった。本人が言っていないのに、なにも信吾に教えることはない、ということだろう。あるいは銘々のことを他人に話さないのが、留守居役たちのあいだの暗黙の了解なのかもしれない。

「なにをでございましょう」

「いや、ならそれでよい」と、そこで若干はかなりの間を取った。「運不運とか巡りあわせと言ったが、わしの場合もそれでな」

信吾にはなにがそれなのかわからないので、首を傾げて続きを待つしかない。

「仕事が特殊なこともあって、江戸留守居役は、どの大名家においても半ば世襲化しておるのだ。若いころから見習いとして、父親に従って出仕する者がほとんどでな。そうせねば、入り組んで複雑極まりない仕事のすべてを憶えきれぬ」

「御公儀とのあれこれとか、藩同士のなんやかやとか、いろいろとあるのでしょうね。町人のてまえにはわかりかねますが」

「細々したことが頭に入っておるので、父親が亡くなるとか、大怪我や大病を患うと、若くても留守居役に就くことがある。父親にはとても及ばぬにしても、なんとか役目を務められぬこともない。わしがそれだった」

前原が言ったこととも共通する部分があったが、武家では珍しいことではないのかもしれない。

「ご謙遜でございましょう」

「細かな取り決めや約束事が網の目のように絡みあっておるので、他の役職から留守居役に役替えになっても、簡単に熟《こな》せる訳ではない。混乱するばかりであろうな」

「しかしそのようなありさまで、しかも失敗が許されないとなりますと、心が磨《す》り減ってしまいますね。なんだか終わりのない鑢《やすり》の道を歩かされ、休むことはおろか立ち止まることもできない、そんな刑を科されているようで、体も心も磨り減ってしまうような気が致します」

「鑢の道を歩かされる刑、か」

「あ、とんだご無礼を。調子に乗って、言いすぎてしまいました」

「いや、信吾は実にうまいことを言う。まさしくそのとおりだな。ご同役に教えたら大喜びするだろう。待てよ、わしの呼称は若干を止《や》めて、いっそ鑢の道とするかな」

どこまでが本心かわからないので、ひと呼吸置いて信吾は続けた。

「一度《ひとたび》仕事となると易しいものはないとよく言われますが、とりわけ御留守居役さまは過酷でございますね」

「それに関しては信吾のやっておる、よろず相談所にしてもおなじであろう」

「相談所ではなく、相談屋でございます」

「おお、そうであった。だが、普通は相談所と名付けるのではないのか。なぜに相談屋としたのだ。前《せん》の集まりの折から、若干ではあるがそれが気になっておったのだ」

またしても若干が出たということは、この留守居役本来の状態に近付いたということだろう。

「逃げでございます」

「逃げ、だと」

「先日の集まりで話しましたように、大病を患いながら命を取り留めましたてまえは、世の人の役に立つように生かされたのだと思いました。そこで困った人、迷った人の相談に乗ってあげて、少しでも役立ちたいと願ったのです」

「ああ、そう言っておったな。わしには考えも及ばぬので、若い、しかも商人の身でありながら見あげたものだと、いたく感心したものだ」

「相談屋を開いたときは、てまえは二十歳でした。世間知らずで、碌《ろく》な経験もしていないのに、身丈《みたけ》に釣りあわぬ大風呂敷を拡げてしまったのです。その折に考えたのですが、相談所とすると、いかなる相談にも応じなければならないと思いました。ですが神でも仏でもない身ですから、そのようなことができるはずがないのはわかっております。できないことも多いと、いやほとんどが相手の相談に応じられないのではないかと思いました。そこでない知恵を絞って、絞って、絞り切って、相談屋としたのです」

　そこで言葉を切ったが若干は、若干どころか、山のような謎をまえにしたような顔をしていた。むりもないだろう。信吾本人が、いかに纏めればわかってもらえるだろうかと、混迷のうちに喋っていたのだから。

「そこだよ、そこ」

「と申されますと」

「なぜに相談屋としたかを、話そうとしたところであったではないか」

「でした」と混乱していた自分が滑稽に感じられ、信吾は苦笑した。「相談屋としますと、商売なんですよと広言したことになりますので、割り切れるのではないでしょうか。要するに居直りですね。ご相談に応じますが、商売ですから、と」

「どういうことであるか」

「双方の折りあいが付けば、つまり相談の難易の度合いと、てまえが相談屋として要求する相談料ですね」

「互いに納得すれば、成立するということであるな」

「お客さまがどのような相談でお見えかわかりかねますので、枠を嵌《は》めるしかないと思ったのですよ」

「なるほど、それで相談屋か。うまく考えたものだな。で、実際にやってみてどうであったのだ」

「それが、常陸国《ひたちのくに》は大洗《おおあらい》、とんだ大笑いでしてね」

「どういうことであるか」

留守居役には武士としては砕けた人が多いようだが、こんな駄洒落ですら通じないらしい。

「失礼いたしました。親しくしていただいている親分さん、つまり岡っ引の口癖でして」

「常陸国は大洗、とんだ大笑い、だと」

若干が渋面になったので、失敗《しくじ》ったと信吾は頭を抱えた。若干の表情に変化は見られない。固まったままだ。

つい調子に乗って羽目を外してしまう。気を付けねばならないと思ったが、もはや手遅れだ。実のところ鑢の道ですら、冷や汗ものだったのである。

チラリと若干の表情を伺うと、ますます硬度が高まっている。ちいさな金鎚《かなづち》でそっと叩いただけ、いや触れただけでも粉々になりそうであった。

そのカチカチの磁器のような表情が、突然崩れた。

ぷはッと、噴き出したのである。

六

驚いて若干を見ると、もとの磁器にもどっていた。硬く冷ややかな磁器が言った。

「なにが大笑いであったのだ」

「考えていたこととは、随分とちがっておりました」

「どう、ちがっておったのだ」

「相談にお見えの方はどなたも切羽詰まっていると、てまえは思っていたのです」

「ではなかったのか」

「切羽詰まって見える方もいらっしゃいますが、どなたもではありませんでね」

いけない、いけない、仲間口調になったと思ったが、相手は気にもしていないようだ。

「どういうことだ」

なぜかこの問い掛けが多いことに、信吾は途中から気付いていた。「若干」でなく「鑢の道」のほうがいいようなことを言っていたが、むしろ「どうさん」としたらどうだろう。

「てまえは相談の多くは、お金のことばかりだと思っておりました」

「ちがったのだな」

「金に困った庶民は質屋、と申しておわかりではありませんね」

「存じておる。イチロク屋とかシサン屋とも言う」

「さすが御留守居役さまは、世情に通じてらっしゃいますね。庶民は金に困れば質屋に走ります。それで足らなければ親兄弟や親戚、友人知人に借りるのです」

「融通が付かねば、よろず相談屋に来るということだな」

「いえ、町の金貸しに走るのです」

信吾は具体的な悩みに苦しんでいるからこそ、人は相談に来ると思いこんでいた。ところがかならずしも、そうとも言い切れないとわかったのだ。目のまえの悩みを直ちになんとかしたいという人は、むしろ少数派かもしれないと思うようにさえなっていた。

「となると、どのような者が相談にまいるのだ」

武士と町人ということもあるのだろうが、若干と話していると信吾は詰問されているように思えてならない。

「しっくりこない思いを、時間を掛けてもいいので解消したい。そのきっかけを摑むためには、自分と正反対の人に接するべきではないだろうか。育ち、考え方、物事に対する関心の持ち方などが異なる人に接すれば、得る物は多いにちがいない。どんよりとした悩みを解消する糸口を見付けたい、そんな思いでお見えのお方が多いのではないか、と感じるようになりましてね」

「やってみるまでは、わからなんだということであるか」

「やり始めたばかりのときも、まるでわかりませんでした。そんなふうに感じるようになったのは、ごく最近のことです。少し距離を置いて物事を見ることが、できるようになったのかもしれません」

若干が黙ったままなので、そっと伺うと、じっと正面に目を据えていた。いや、焦点があっているようではなかった。なにか感じるところがあって、自分の心の裡を見詰めているのかもしれない、ふとそんな気がした。

「だから人は、目的もなく旅に出るのかもしれません。普段とは、まるで傾向のちがう本を読むのでしょうね。座禅を組んだり、断食行をおこなったり、風変わりな趣味を持った人たちの集会に参加したり、おそらくそれに近い気持で、よろず相談屋を訪れるのかもしれない。そんなふうに感じるのですよ」

おそらくそのような緩やかな思いから、近付いて来る人もいるのだ。いや意外に多いのかもしれないと、信吾は感じるようになっていた。

「うん、うん、うん」

若干がひどく力んだ声を出したが、自分の考えや思いに、強く感じるところがあったのかもしれなかった。

「てまえが、よろず相談屋という仕事を選んで良かったと思うのは、こういうときなのですよ」

相手が戸惑い顔になったのも当然だろう。突然、結論めいたことを言われても、わかる訳がないのだ。

「日々のあわただしい生活に追われ、ひたすら目のまえの出来事をこなしていますと、物事が見えなくなることがあります。大切なこととそうでないこと、意味あることと意味のないこと、すぐに手を着けねばならないことと先に延ばしていいこと、それらの区別が付かなくなってしまうのです。自分ではちゃんと区別しているつもりでも、大小が見えていないことが多いのです。だから距離を置いて見直すことが必要ですが、あわただしさの中では思うようにできません。ですから人は旅に出なければならないし、普段読むのとは傾向のちがう本を読み」

若干が続きを引き継いだ。

「座禅を組んだり、断食行をおこなったり、風変わりな集まりに参加したりする」

「そうなんですよ。それによって、自分を見直すことができ、喪いかけていた本来の自分を取りもどせるのだと思います」

「となると、いかなる理由でもって、信吾がよろず相談屋という仕事を選んで良かったと思うのか、それを聞かずにはいられないな」

「こうして若干さんと」

「蟻坂吉兵衛《ありさかきちべえ》だ。アリサカのアリは、働き者とされている蟻で、坂は坂道の坂だ。働き者の蟻だからな、江戸留守居役にこれほどふさわしき名はなかろう」

信吾はこれほど驚いたことはなかった。仲間内でさえ、呼称、渾名、号などで呼びあう大大名家の江戸留守居役が、一介の町人に本名を名乗ったのである。

驚いた顔がよほど滑稽だったらしく、若干ではなかった、蟻坂はふつふつと笑い、笑い続けた。ようやく笑い終えた蟻坂は、照れたように言った。

「ここまで打ち解けて、心の裡を語りあえるのだ。渾名の若干、それも口癖が渾名になったとなりゃ、若干ではあるが白々しいではないか」

信吾はこの男の駄洒落を、初めて聞いたのである。

「ありがとうございます。でありましたらこれからは、蟻坂さま、吉兵衛さま、と呼ばせていただきます」

「ただし、二人のときだけだぞ。ご老体たちがおるときには、これまでどおり」

「若干さん、で」

「そういうことだ」

「となりますと、もう一つ聞いていただきたいことがございます」

信吾は不意に思い出したのである。

宮戸屋を弟の正吾に任せた信吾が、将棋会所とよろず相談屋を始めると決めたときのことだった。父の正右衛門が向島の三囲稲荷社《みめぐりいなりしゃ》に接した、鯉料理で知られる「平石」で、ささやかな披露目の席を設けた。

世間知らずの二十歳の若造と言うこともあってだれもが危ぶんだが、そのとき武蔵屋《むさしや》彦三郎《ひこさぶろう》が助け船を出してくれたのだ。

信吾と話していた武蔵屋は、あまりの馬鹿馬鹿しさに思わず笑い出してしまった、と切り出した。ところが信吾もいっしょになって笑い始めたのである。最初こそ控え目であったが、段々とおおきな声になって、ついには腹を抱えて笑うようになった。ところが笑っているうちに、笑っていること自体がおかしく、二人でただアハハアハハと笑い続けた。

「ともかく、悩みにはおよそ関係のない話、ほとんど内容のないそら惚けた話をしながら、アハハアハハと笑っていたのですよ」

武蔵屋はそう言った。

すると頭の中でカタリと音がしたと言うのである。鍵穴に鍵がピタリと、そんな感じがした瞬間、頭を抱えて悶《もだ》え苦しんでいたのが嘘のように、問題が解消していた。解決策が閃いたのだ。堂々巡りをしていたため盲点となっていた部分に、突然気付いたのであった。

そんな話であった。

「てまえはですね、蟻坂さま。よくわからなかったのですよ、そのときには。ですので武蔵屋さんがわかりやすいように、作り話をしたのだと思っていました」

「頭の中で音がカタリ。鍵穴に鍵がピタリ、か。たしかにできすぎであるな」

「ところが近ごろ、それがわかるようになりました。まさに、頭の中で音がカタリ。鍵穴に鍵がピタリ、なのですよ。よろず相談屋ですから、実にさまざまな人がお見えになります。普通の商人でしたら、生涯会うことがないと思われる方々のお話を、聞くことができるのです」

「うむ。わかる。というか、わかるような気がするぞ。となると、相談屋という仕事はおもしろかろう。どうだ、信吾、江戸留守居役のわしと仕事を替わらぬか」

「お戯れを」

「ハハハ、冗談だ。だれが替わってやるものか。信吾と話しておるうちに、江戸留守居役の仕事も案外と捨てたものではない。いや、遣《や》り甲斐《がい》のある、おもしろい役目であると思えてきたのだ」

「それはようございました。てまえも思いましたですよ、こんな仕事を人と取り換えてなるものか、と」

「相談屋には、悩みそして迷っておる者たちが来る。なかには愚痴を並べる者、身内や上役、同僚に対する悪口を言い散らすやつもおるだろう。なにしろ相談屋の信吾が人に洩らす恐れはないので、思いの丈をぶちまけられるのだ。すると逃げ場がなく、行き場を失った悪口雑言罵詈讒謗《ばりざんぼう》や愚痴などが、体の中にびっしりと充《み》ち溢《あふ》れんばかりになるが、限度を超えると張り裂けるしかない。堪忍袋の緒が切れるように、だ。なんとも悍《おぞ》ましいではないか。わしゃご免だな」

信吾と若干、ではなかった蟻坂吉兵衛は、顔を見あわせて大笑いしたのである。

終業時刻になると、信吾を始め女将の繁、大女将の咲江、正右衛門と正吾、喜作《きさく》や喜一《きいち》たち料理人、仲居や女奉公人が並んで、若干こと蟻坂吉兵衛を丁重に見送った。

例によって供侍は飲酒できないので、一階で食事のみである。

白眉のときは乗物と呼ばれる高級な駕籠が待っていたが、若干は歩きで供侍も三人と少なかった。待遇のちがいか藩の財力によるものか、留守居役の年齢によるものかは、信吾にはわからない。

奉公人たちが後片付けを始めると、家族は居間に集まった。

さっそく繁が息子に話し掛けた。

「信吾。若干さんのあんな爽やかで清々《すがすが》しい顔は初めて見たけど、おまえ一体どんな手妻を使ったんだい」

「手妻だなんて、白眉さんのときにも言われましたが、わたしは手妻遣いじゃありませんから」

「だけどなにか手を打ったにちがいないわ。でなきゃ、いつもお年寄りに囲まれて重苦しい顔をしている若干さんが、別人のように明るくなる訳がないもの」

「もしかすると別人ではないのですか。これまでと今日の若干さんは、実はまったくの別人だった。これ秘密だから、絶対に人に話さないでください。他人の空似と言って、世の中には自分とそっくりな人が、三人はいるといいますからね。瓜二つの別人であれば辻褄《つじつま》はあいます」

「馬鹿おっしゃい」

「待てよ、もしかするとあれかな」

「それご覧なさい。母さん、信吾が絶対に、なにかやったにちがいないと思ってたのよ」

「でも、ちがうだろうな」

「焦らさないで」

「だって、考えられないんだもの」

「いいから言ってご覧なさい」

「アハハアハハと、二人で笑い続けてたんですけどね。なにがあんなにおかしかったんだろう。あれほど笑ったのに、なぜ笑ったか思い出せないんですよ」

「呆れた」

「でも、若干さんが明るくなったんなら、いいじゃないですか」

「そりゃそうだけど」と少し考えていたが、やがて母は言った。「次は七福神のだれが、声を掛けてくれるかしらね」

母はその日も、法外な心付けをもらったようだった。

そう言えば藩邸に帰るまえに、蟻坂吉兵衛は小用《こよう》に立ったが、あのとき心付けの包みに小判を何枚か足したにちがいない。母の笑顔を見ていると、それは確信となったのである。

信吾の視線を感じたらしく、母は心付けで膨らんだ胸を叩いて言った。

「白眉さんからも若干さんからも、けっこうなお気持をいただきました。これは信吾と波乃さんの新しい生活のために、使わせていただきましょうね」

初めての夜

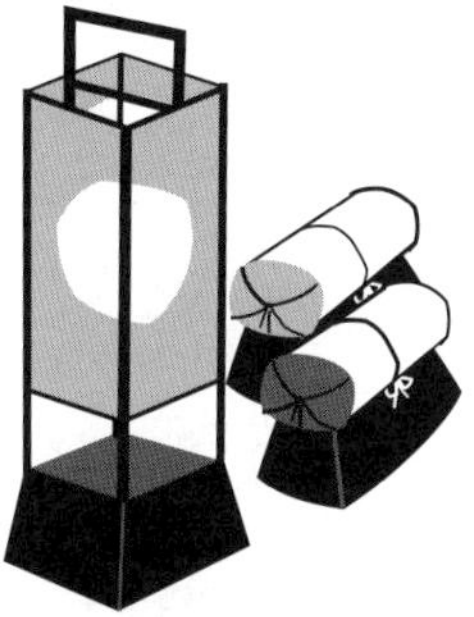

一

「和尚さん、こちらが波乃さんです。波乃さん、わたしの名付け親の巌哲和尚です」

信吾が二人を紹介すると、波乃は両手を突いて深々と頭をさげた。

「波乃と申します。どうかよろしくお願い致します」

ところが巌哲は、腕組みをしたままでなにも言わない。

顔をあげた波乃は、眉が太くて目のおおきな巌哲が、無言のまま見据えているので、さすがに意外だったようだ。ところが驚いたことに目を逸《そ》らそうとせず、じっと和尚の目に見入ったのである。

信吾には思いもしない事態であった。黙ったまま、互いが相手を見たままなのだ。蛇に睨《にら》まれた蛙《かえる》と言う。もしかすると波乃は、逸らせたくても逸らせられないのかもしれなかった。

自分がなにか言葉を掛けるべきなのだが、ではなんと言えばいいのだろうと、信吾にしては珍しく頭の中が真っ白になってしまったのである。

ふと、波乃が視線を落とした。

やはりあれが良くなかったのだろうかと、信吾は自分がひどく考えなしに思えてならなかった。

食事会で波乃との婚儀が正式に決まると、信吾はまず一番に、巌哲和尚に報告に出掛けた。

「和尚さま、実は会っていただきたい人がおりまして」

そう切り出すと、巌哲は太い眉をあげ、そしてさげた。

「そうか。おめでとう」

「わたしは、まだなにも」

「生涯の伴侶が決まったのであろう」

「えッ、なぜそのように」

「顔に書いてある」

信吾は思わず顔を撫《な》でそうになり、辛うじて手を動かさずにすませた。言われてあわてて撫でようものなら、信吾がからかったときの常吉や留吉とおなじになってしまうではないか。

「だれよりも先に、和尚さまに紹介したいと思っておりました」

「光栄の至りであるな。旧臘《きゆうろう》に会《お》うたときに、言うたであろう。男女の結び付きは縁《えにし》ゆえ、決まるときにはあっけなく決まるものだと」

「はい。でもあのときはどうなるかわからなかったのですが、一月の末に両家で食事をしまして」

「トントン拍子に話が進んだのだな」

「いえ、トントンとはいかず、混沌《こんとん》としてしまいました。どうなるか、まったく見当も付かなかったのです」

信吾がそう言うと、巌哲は少し考えてうなずいた。

「信吾が例の秘密を打ち明けたからであろう」

「そうなんです。うやむやにしたくありませんでしたから」

「となると、先方の親御さんは躊躇《ちゆうちよ》せざるを得んわな」

「父が娘さんを倅《せがれ》の嫁にいただきたいと申しこみ、先方も喜んでとなっていたのですが」

「信吾が打ち明けたことで、話がこじれそうになった。しかし伴侶となる娘が、そんな親の態度にがっかりしてかどうかはわからぬが、どうしても信吾といっしょになりたいと言い張ったのだろう。泣いて訴えたかどうかまではわからんが」

なぜ和尚にはわかるのだろうかと、信吾は信じられぬ思いであった。自分はまだなにも打ち明けていないのに、常に巌哲が先を読んでいるように話を進めたからだ。

もしかすると家族のだれか、父の正右衛門か母の繁、あるいは祖母の咲江が、巌哲和尚に打ち明けたのだろうか。檀那寺《だんなでら》の和尚で、信吾の名付け親であればなんのふしぎもない。

ところが咲江のシャンシャンシャンシャンにうながされたように、善次郎の音頭で手締めがおこなわれた。

こんなことは早いほうがいいと思ったので、信吾は日を置かずに巌哲に報告したのである。家族のだれかが寺に行ったとか、行くということも聞いていない。

やはりわかる人にはわかるのだろうかと、そんなふうに思いながら信吾は続けた。

「お蔭《かげ》で雲行きが怪しくなったのですが、終始黙って聞いておりました祖母が、思いも掛けぬことをしたのがきっかけで、まるで快刀乱麻を断つごとく」

「ほほう。咲江どのがか。さもあらん」

やはり祖母は巌哲和尚に話していなかった。

「と申されますと」

「黙って聞いておって本質を見抜き、ひと言で場を纏《まと》めてしまう。それが年寄りの知恵というものだ」

訳がわからないので、信吾が戸惑っていると巌哲は言った。

「おもしろいではないか。咲江どのを動かしたとなると、わしもその女子《おなご》に会いたくなった。連れて来るがよい。二人の都合はどうなのだ」

巌哲が相手のことをなにも訊《き》こうとしないので、信吾は波乃という名前のみを伝えた。そして波乃には、「檀那寺のご住持で名付け親である巌哲和尚」とだけ教えておきますと言って、寺を辞したのであった。

二月に入れば早々にと思っていたが、常吉が風邪を引いて寝こんでしまった。そのため席料を受け取ったり、客に茶や莨盆《タバコぼん》を出したりの雑用を、席亭の信吾がしなくてはならない。甚兵衛が手伝ってくれはしても、なにからなにまで頼める訳ではなかった。

常吉の熱がさがり咳《せき》も出なくなったと思うと、今度は甚兵衛が体調を崩してしまった。対戦相手にあぶれた客がいれば席亭の信吾が相手をし、たまに指導対局もある。

用があって出掛けるときは、それらの対局は甚兵衛に頼んでいたが、病気となれば信吾がやるしかない。しかもいつあるか、あるかないかさえわからないので、常に待機していなければならなかった。

常吉は五日ほどで仕事にもどった。しかし年齢のこともあるのだろうが、入れ替わるように病臥《びょうが》した甚兵衛は、こじらせてしまったのである。

事情を話して何度か調整し直し、波乃と巌哲和尚を訪れたのは、二月も半ばになってからであった。

それもどこかで待ちあわせて、という訳にはいかない。

夫婦であっても並んで歩くなどとんでもないことで、まるで商売女じゃないかなどと陰口を叩《たた》かれ、冷笑されるのが落ちであった。道を歩くにも、妻は夫のあとを何歩か遅れて付き従うのである。

たとえ許婚《いいなずけ》であってもおなじで、むしろ夫婦以上に厳しかった。「くっつきじゃあるまいし」と、後ろ指を指されることになる。「くっつき」とは裏長屋住まいの者などが、式らしきものも挙げずにいっしょになってしまうことを言う。

信吾も波乃もそんなことは気にしないが、さすがに今はまずかった。

姉の花江と滝次郎の華燭《かしょく》の典が終わり、自分たちの披露目の宴が執りおこなわれるまでは、おおっぴらにしないことにしていたからである。

これは信吾たちではなくて、両家の親たちの意向であった。いっしょに住み始めるのは仕方ないが、姉花江の婚儀を終えたあとで二人が夫婦になった披露目の宴がすむまでは、できるかぎり世間に秘しておきたいとのことで、となればせめてそれには従うことにしようとなったのだ。

当然、波乃が独りで寺を訪れて、信吾と落ちあうことなど論外であった。料理を中心に花嫁修業を指導している古くからの女中のモトが、墓参を名目に付き添う。途次だれかに会って「どうなさいました」と訊かれたら、「世話になったお方のお墓にお詣《まい》りを」とでもごまかすしかない。

他人《ひと》に見られたとしても、少しでも不自然に映ってはならなかった。

信吾とは別々に訪れて、他人の目に触れることなく、寺の一室で巌哲と話すことになっていた。その間、モトは庭の梅花などを眺めて時間を潰すのだ。

もちろん寺を出るときも時間をずらして、しかも片や表門、こなた裏門からとなる。

ちょっとした遊びだと心得え、おもしろがるくらいの気持がなければ、馬鹿馬鹿しくてできることではなかった。

そのようにして、予定より遅れはしたが、信吾は巌哲と波乃を引きあわせたのである。

それなのに、しかも、わしもその女子に会いたくなったと言っておきながら無言の行はないだろうと、信吾は少々巌哲を恨めしく思った。

そのときである。


俯《うつむ》いていた波乃が顔をあげると、ふたたび巌哲を正面から見据え、こぼれるような笑いを浮かべた。すると和尚の顔にも、じわーッと笑みが拡《ひろ》がった。

「でかした信吾。おまえが選んだだけのことはある。それに、波乃どのであったな」

「はい」

「ようもまあ、家の者の反対を押し切って信吾を、この訳のわからぬ、捉えどころのない男を生涯の伴侶に選んだものよ」

「和尚さま。ありがとうございます」

「礼を言われる覚えはないが」

「訳のわからぬ、と、捉えどころのない、を、良い意味で使ってくださいました」

「なるほど、わしの語ったことを瞬時に良いほうに解釈する」と言って、巌哲は信吾に顔を向けた。「信吾のことを底抜けのお人好《ひとよ》しだと見ていたが、輪を掛けた波乃どのが寄り添うとなると、これは類を見ない似たもの夫婦の誕生であるな」

「祖母には、破鍋《われなべ》に綴蓋《とじぶた》だと言われました」

「さすが咲江どのはちゃんと見抜いておる。だが信吾、訳のわからぬ、と、捉えどころのない、を、良い意味で使ってくださいましたと切り返したのだ、波乃どのは。おとなしそうに見せておるが、なかなかの手強《てごわ》さを秘めておるぞ。このじゃじゃ馬を乗りこなすのは、並大抵でないであろうから心して掛かれよ」

「乗りこなせるなんて、いえ、乗りこなそうなんて、疾《と》うから思ってはおりません。波乃さんがじゃじゃ馬なら、それもおもしろいではありませんか。わたしは黙って鹿になりますから」

「馬鹿者《ばかもん》」

　と一喝しながらも、巌哲はつまらぬ駄洒落《だじゃれ》に笑ってくれた。

　この短い遣《や》り取《と》りで、巌哲と波乃はすっかり打ち解けることができたようだ。

　そこへ小坊主が現われ、茶と菓子の小皿を三人のまえに置いた。

「きれいな色ですね」

　そう言って波乃は菓子を見ている。微《かす》かに藤色を帯びた方形の小皿に、開き切らない扇をかたどった菓子が配されていた。扇は要の部分の色が淡く、先端がいくらか濃い紫色となっている。

　開き切らないのは扇がこれから開くことを、要より先の色が濃く深いのは充実した将来を示しているのだろう。縁起ものなので、一目見て意味が感じ取れるように工夫がされている。

「末広ですね。柚子餡《ゆずあん》入りの練り切りだと思いますが」

「おお、末広だと言っておった。もらい物でな。春なので縁起の良いお菓子をお持ちしましたと言われたのだが、わしには菓子のことはさっぱりわからん」

　信吾が波乃を引きあわせると言ったので、小坊主に命じて末広を買いに走らせたのではないだろうか。わからないと言ったのは、巌哲らしい照れにちがいない。

　和尚は両家の食事会で、どうなるかわからなかった流れを祖母の咲江が見事に切り替えた部分を知りたがった。そしていちいちうなずき、「実に愉快だ、痛快きわまりない」「やるのう咲江どのは。さすが宮戸屋の大女将《おおおかみ》だ」「波乃どのは、どことのう咲江どのに通じるところがあるな」「信吾が波乃どのを得て、まだ見せておらん力をどこまで伸ばせるか、これは楽しみだわい」などと、はしゃいでいるとしか思えぬほどの上機嫌であった。

信吾はそんな巌哲を初めて見て驚かされたが、自分が波乃と結ばれることを、心の底から喜んでくれているのだと、しみじみと思えたのである。

二

巌哲和尚のほかにもう一人、信吾がぜひとも知らせておかねばならない人がいた。甚兵衛である。

信吾がよろず相談屋を開こうと思ったとき、生活のための日銭を稼ぐ将棋会所を併設することに、尽力してくれた人であった。

食事会の翌日、波乃が父親の善次郎といっしょに見学に来た。甚兵衛はさり気なく対応したが、長年、豊島屋のあるじとして腕を揮《ふる》ってきた男である。父娘《おやこ》がなぜ見学に来たかの理由は、とっくに見抜いていたにちがいなかった。

となると先延ばししないほうがいい。なぜなら毎日のように顔をあわせているのに、他人から信吾が波乃と結婚すると知らされたら、気まずい思いをするに決まっているからだ。

それと、知らせるというよりそのままにしておけない者がもう一人いた。小僧の常吉である。信吾が宮戸屋で客に呼ばれる日は、通い女中の峰に夕食を作ってもらわないことにしている。常吉は宮戸屋の奉公人たちと、いっしょに食べるからだ。

そのときなにかと吹きこまれたり訊かれたりするらしく、信吾の見合いや嫁取りの噂《うわさ》を聞いてくるようであった。ひと言釘《くぎ》を刺しておかなければ、奉公人たちに訊かれると喋《しゃべ》ってしまいそうだ。

将棋客が帰ると、信吾は常吉に手伝わせて将棋盤と駒を拭《ふ》き浄《きよ》め、駒が紛失していないかなどの点検をする。

甚兵衛は大抵それを手伝いながら雑談し、最後に引きあげることが多かった。その日も居残ったが、おそらく予期するところがあったのだろう。

「実はですね、甚兵衛さん」

「はい。なんでございましょう」

軽く返したが、その目が期待に輝いているのがわかった。やはり待っていたのだ。信吾が話さなければ、どのように訊き出そうかと思っていたのかもしれない。

「常吉にも言っておかねばなりませんが」

「はい。なんでございましょう」

甚兵衛とおなじ返辞、目の輝きの強さも負けてはいなかった。

春秋堂の父娘が見学に訪れたとき、常吉は席料を受け取らず引っこんで、すぐに甚兵衛を連れて来た。宮戸屋で古い奉公人たちに吹きこまれていたので、ピンときたにちがいない。

「阿部川町の春秋堂のあるじさんとお嬢さんの波乃さんが、将棋会所とよろず相談屋を見学に見えましたね」

「お嬢さんがお二人いらっしゃることは存じておりました。下のお嬢さんだそうですが、波乃さんとおっしゃるのですか。きれいになられたので見ちがえましたよ」

「おそらくお気付きでしょうが、わたしは波乃さんを妻にすることになりました」

「そうでございましたか。それは、まことにおめでとうございます」

「旦那さま、おめでとうございます」とそこまでは冷静であったが、一瞬で激変した。

「わッ、わッ、わッ。みッ、みッ、みッ」

常吉の異様ともいえる興奮振りに、信吾は呆《あき》れてしまった。

「落ち着きなさい。みっともない」

そんな言葉が、耳に入る状態ではなかったようだ。

「みんな、大喜びします。や、やったぁ。おいら、じゃなかった。あっし、でもない。落ち着くのだ、常吉」と自分を叱って、ようやく歯止めが掛かった。「このことは、てまえだけが知ってるんですからね。みんな、びっくりするだろうな」

「おい、ちょっと待ちなさい。みんなって、常吉、宮戸屋の連中に喋るつもりかい」

「だって、みんな、どうなるだろう、相手はだれに決まるかしらんって、大騒ぎしてんですよ」

信吾は思わず甚兵衛を見たが、さもあらんという顔をして、べつに驚いてもいない。

顔を輝かせながら常吉が続けた。

「大旦那さまに若旦那さま、女将さまに大女将さま、それから番頭さんに知られたら叱られますから、みんな知らんぷりをしてますけどね。いないところでは、近所のお店《たな》やお得意さまなんかの、何人ものお嬢さんや娘さんの名前が挙がってんですから。それも十五人、いや二十人以上になりますよ。名前を憶《おぼ》えきれないもの。そこへおいら、じゃなかった、てまえが、お嫁さんは春秋堂の波乃さんだよって言ったら、みんな、どんな顔して驚くかしらん」

食事をしながら、あるいは食べ終わったあとで、奉公人たちが常吉を取り囲んで、その言葉を待っている場面は容易に想像できた。常吉にすれば、これほど晴れがましいことはないだろう。

「ちょ、ちょっと待ちなさい、常吉。落ち着くんだ。これからその話をしようというところではないか」

両手で押えるような仕種《しぐさ》をして、信吾は常吉をなんとか黙らせた。十二歳で信吾の下で働くようになって二年目に入ったが、この一年余りで、これほど喋る、それも夢中になって喋る常吉を見るのは初めてであった。

甚兵衛が冷静に、そして生真面目に訊いた。

「そうしますと席亭さん、式はいつでございますか」

常吉は後廻《あとまわ》しにして、信吾は甚兵衛に話し掛けた。

「それについて、相談と申しますか、お願いがありまして」

「遠慮なくおっしゃってください。協力いたしますので」

「実はですね」

そう言って信吾は甚兵衛に事情を打ち明け、要所要所で常吉の目を見てうなずいて見せ、その都度確認させたのである。

波乃には二歳上の姉がいて、この三月に挙式する。妹が姉より先にする訳にいかないので、姉の式のあとで自分たちの披露目をおこなうことにした。

場合によっては披露目より早く、いっしょに住むことになるかもしれないが、披露目の式をおこなうまでは公にしたくない。

いっしょに住むかもしれないといったが、実はそのためにあわただしく準備を進めていたのである。

「ですので、あれこれと訊かれることがあると思いますが」

「披露目の式までは伏せておきたい、ということでございますね」

「そうなんです。まったくの頬被《ほおかぶ》りはできないでしょうから、なにか訊かれたときは、詳しくは存じませんがどうやら話が進んでいるらしいですね、くらいに惚《とぼ》けておいていただきたいのです」

「お任せください、惚けるのは得意中の得意ですので。隠居はしましたが、長いあいだ商人をしてまいりましたからね。こと惚けに関しては筋金入りです。てまえも知りたいのですが本人がなにも申しませんので、もしなにかわかりましたらどうかお教え願います、などと、のらりくらりと鰻《うなぎ》のごとく」

「甚兵衛さんは安心なんですが」と、信吾は顔を曇らせながら常吉を見た。「なにしろ若いから心配だ。鰻はむりでも、せめて泥鰌《どじょう》になってもらわんとな」

あれだけ輝いていた顔が、あっと言う間に色褪《いろあ》せて灰色に変わっていた。むりもないだろう、一生に何度か、もしかすると一度かもしれない主役になれる機会が、一瞬にして消え去ったのである。

正右衛門から信吾の身の回りの用をするように命じられた当初は、常吉はまるで気の利かない小僧であった。三つのことを命じられると一つ、場合によっては二つに一つを忘れてしまうのである。

それが女チビ名人ハツに刺激されて、将棋を習い始めてから別人のように変わったのであった。

「だ、大丈夫です」

常吉に奉公人としての自覚がもどったらしい。顔付きが変わったので安心だとは思ったが、信吾は念のためもうひと押しした。

「本当かなあ」

わざと心配そうな顔をすると、常吉はムキになった。

「こちらの将棋会所に奉公することになって、二年目になりました。ですから一年間たっぷりと、お客さんや、それから」

そこで口を噤《つぐ》んでしまった。

「それから、で終わっては尻切れトンボだ。ははん、案の定、言えないようだな」

「たっぷりと鍛えられましたから」

「だれに」

「…………」

「言えないじゃないか」

「じ、甚兵衛さんにです」

思わず見たが甚兵衛は笑いを堪《こら》えている。

信吾がじっと見ると、常吉はもじもじし始めた。あまりいじめるのは可哀想《かわいそう》だし、度が過ぎると逆効果になりかねない。

「お客さんはともかく、甚兵衛さんに鍛えられたのなら、まずは安心だな。しかし宮戸屋には、客あしらいの得意な仲居さんや女中さんが多い。あの人たちは鎌を掛けて訊き出すとか、ちょっとした言葉尻を捉えて、巧みに引き出す術《すべ》を持っているからな、くれぐれも油断しないでくれよ」

「はい。若いうちは年上の女に気を付けるように、と言われましたから」

「若いうちは、か。そうだ、常吉は若いものな。で、だれに言われたのだ」

「黙っててくださいよ」

「常吉に頼まれたのだ。だれにも言やしないよ」

「喜一さんです」

喜一は料理人の息子である。信吾より一歳年上ということもあって、手習所時代は兄弟のように仲良くしていた。その後、父喜作の知りあいの料理屋に奉公に出され、もどってからは父を師匠に料理人になるべく励んでいる。

「喜一に言われたのか」

「言わないでくださいね」

「言うものか。そうか、喜一か。あいつも女のことでは苦労したようだからな。若いうちは年上の女に気を付けるように、か。常吉も喜一の言葉を、しっかりと胸に刻みこんでおいたほうがいいぞ」

ずっと遣り取りを聞いていた甚兵衛が、堪え切れずに噴き出してしまった。経緯《いきさつ》からすれば、口の堅さを示して見せなければならないところだ。喜一の名前を出したのは、信吾が主人だから仕方なくであったのか、それともうまく導かれてうっかり口にしたのか、どちらとも判断しかねた。

「よし、わたしがいいと言うまで黙り通すことができたら、ご褒美を考えんといかんが、常吉はなにがほしい」

「だったら波の上です」

またかよと思ったが、信吾は顔にも口にも出さない。

よく頑張ったから食べたいものを頼んでいいぞと言ったら、透かさず「だったら鰻重」と言ったことがあった。信吾は鰻重の上中並のうち、奮発して中を註文《ちゆうもん》してやった。

そして食べ終わると教えたのである。

「これは波の上とも言う。鰻重には上中並があるが、中は並の上だから、洒落て波の上と言うんだ」

そう教えたが、それからというもの、食べたいものを頼んでいいぞと言うと、判で捺《お》したように「だったら波の上」と言う。常吉には鰻重の中が最大のご馳走《ちそう》らしかった。

「だったら波の上か。よし、黙っていられたら波の上のその上、特別に上《じよう》を頼んでやろう」

「ほ、本当ですか」

「あたりまえだ。特別の褒美だからな」

これで秘密は守れるだろう。

巌哲和尚に波乃を紹介し、甚兵衛さんと常吉に口止めしたことで、信吾としては重荷をおろした思いであった。

東仲町の宮戸屋と黒船町のよろず相談屋は、八町（九〇〇メートル弱）ほどしか離れていない。

そのため母の繁か祖母の咲江がやって来て、床の間の掛軸を取り換えたり、花を活《い》け直したりしていた。

季節の変わり目には衣類を取り換えたし、夏が近付くと蚊帳や蚊取り線香、団扇《うちわ》などを持って来た。また木枯しが吹くようになると、褞袍《どてら》や炬燵《こたつ》を小僧に運ばせたのである。

近いこともあってついそうしていたのだが、波乃と所帯を持てばそうもいかない。衣類をはじめ身の回りの一切は新妻が扱うからだ。そのため繁は簞笥《たんす》とかさまざまな物を用意していたが、信吾はそんなことには考えが及ばなかった。それまでとほとんど変わることなく、日々をすごしていたのである。

起床すると鎖双棍《くさりそうこん》のブン廻しをし、伝言箱を覗《のぞ》いてから常吉と朝飯を喰《く》う。それから将棋会所の席亭として教え、対局するのであった。

たまにだが、よろず相談屋の客の相談に乗り、調べごとをしなければならない。前後することもあるが、昼には忘れず伝言箱を確認した。

将棋会所の客が帰れば、将棋盤と駒の手入れをする。終われば常吉と湯屋に出掛けた。もどると伝言箱を調べ、通い女中の峰の作ってくれた食事をするのであった。

宮戸屋に出向いて客の座敷に出ることもあるが、普段は常吉に将棋を教える。常吉の眠ったあとで木剣の素振り、棒術と鎖双棍の型や術の組みあわせを鍛錬することを怠らなかった。

そうしながらも、ある大名家の江戸留守居役の白眉に呼び出され、座敷に出て相手をしたのである。そうかと思うと、瓦版に書かれた信吾の腕が本物かを賭けた旗本の次三男坊たちに襲われながら、いつの間にか親しくなってしまった。

ほどなく、若干が渾名《あだな》のもう一人の江戸留守居役蟻坂吉兵衛の座敷に呼ばれ、すっかり意気投合してもいる。

三

「夜分に畏れ入ります」

客があったのは、湯屋からもどって食事をすませ、常吉に将棋を教えているときであった。声に聞き覚えはあったものの、信吾は思い出せないでいた。将棋盤と駒を片付けるよう常吉に命じてから出ると、男は平身低頭していた。相手が顔をあげたのでようやくわかった。

「米蔵さんではありませんか」

行灯《あんどん》を提げて、信吾は米蔵を八畳の表座敷に導いた。

一年ほどまえに相談に来たことのある、本銀町のお菓子卸商喜久屋の番頭であった。声を聞いただけでは思い出せなかったのも、むりはないだろう。

「すっかりご無沙汰いたしております」

坐《すわ》るなり、米蔵は両手を突いて深々とお辞儀をした。

「無沙汰はお互いさまですが、今日はどのようなご用件で。それはそうと、ももお嬢さまは元気におすごしでしょうか」

「あの折はたいへんご迷惑を、いえ、ご無礼をいたしまして、なんとお詫《わ》び申しあげればよろしいのやら」

「いえ、終わったことでもありますし、てまえはなんとも思ってはおりませんが」

常吉が二人のまえに茶を出し、一礼してさがった。信吾は湯呑茶碗《ゆのみぢゃわん》を手にしてひと口含んだが、米蔵はうなだれたまま黙りこんでいる。

言葉を掛けようとしたら米蔵が顔をあげた。目が真剣である。

「どの面さげてとお叱りを受けるのはわかっておりますので、なんとか説得しようとしたのですが、どうにも聞いてもらえませんで」

「なにかお困りのごようすですが、てまえには事情がわかりかねます」

米蔵は実直極まりない目で信吾を見たが、やがて弱く笑った。

「とんだ失礼を致しました。つい、思い詰めておりましたものですから」

「米蔵さんが、番頭さんがお見えだと言うことは、もしかしますと、ももお嬢さまのことではないでしょうか」

「やはりおわかりでしたか。当然ですよね、あれほどの無礼をしておきながら、今さらなんとも申し訳ないことをしてしまいました、などと言われても、信吾さまも返答のしようがないですものね。てまえにしましても思案投げ首でございますよ。ですが、どうか信吾さまにお詫びをして、あたしの気持を伝えておくれとお嬢さまに泣き付かれましては、突き放すこともなりませんで」

どうにも回りくどくてわかりにくく、もどかしくてならないが、そのような言い方をされては強くも出られない。

「その件でしたら、ももお嬢さまのお気持はよくわかりました。てまえはなんとも思っておりませんので、詫びる必要はありませんとお伝えくださいませんか」

信吾がそう言うと、またしても米蔵は深々とうなだれたのである。

お店のももお嬢さまが、浅草寺境内で親切にしてもらった若旦那、つまり信吾に一目《ひとめ》惚《ぼ》れし、恋患いで食事も咽喉《のど》を通らなくなった。このままでは、やつれて死んでしまうかもしれない。なんとか会ってやってはもらえないか、と信吾が米蔵に泣き付かれたのが、そもそもの始まりであった。

すぐにはむりだが、信吾は取《と》り敢《あ》えず会うことにした。

弟の正吾に見世を譲り、自分は世の悩んでいる人、迷っている人のために相談屋を開いたという信吾に、米蔵は大いに共感して帰っていったのである。

ところが音沙汰なし。

あとでわかったのは、ももは信吾が浅草一の料理屋の若旦那だと教えられたから惚れた、ということであった。不安定極まりない相談屋と、一人二十文の席料でやっている将棋会所のあるじと知れたからには、問題外ということである。

一目惚れされ、食事が咽喉を通らなくなったと聞かされたはずの恋患いの相手に、信吾はいとも簡単に振られてしまったのだ。

一時的に落ちこんだが、考えてみればももがそう思うのは当然なので、信吾は恨みになど思ってはいない。それに客観的には、思いちがいと勘ちがいの、いささか滑稽な話として笑えないこともなかった。

相談屋の仕事ではさまざまな人と知りあえるし、愉快なことも多く、信吾はいつしかもものことなど忘れていた。波乃との見合いに話が及んだときに思い出し、大家のお嬢さんなんて似たようなものではないのですかと、両親や祖母に笑いながら例に出したぐらいであった。

「ももお嬢さまが、またしてもひどいやつれようでして」

相変わらず米蔵の顔は暗い。

「どこかの若旦那に一目惚れなさったので、てまえにその橋渡しを、とでも」

つい言ってしまったが、皮肉の一つも言いたくなろうというものだ。それをものともせず米蔵は続けた。

「ももお嬢さまは、あたしは人の値打ちがわからない、なんというお馬鹿さんなのだろうと、日々泣き暮らしておられます」

「それはお気の毒なことではありますが」

「今さらなにを言われますかと呆れ、いえ腹立たしくなったのですが、奉公人としましてはあるじに従うしかありませんでね」

その言い方からすると、信吾の本当の値打ちがわかって改めて恋心を抱いたということになりはしないだろうか。だから米蔵にすれば、今さらなにをということなのだろう。

終始、憂鬱そうな顔をしていたのはそのためかと納得したが、強烈な肘鉄砲を喰らわしたお嬢さんが、果たしてそこまでの変貌を見せるものだろうか、との疑いも消えない。

あれこれと思いを巡らせた信吾は、はたと思ったのであった。もしかすると、これも例の余波の一つではないだろうか、と。

「米蔵さん」

「は、はい」

なにかを感じたのか、米蔵は縋《すが》り付くような目をしている。信吾は思わず目を逸らしてしまった。

「もしかすると、ももお嬢さまは、瓦版をご覧になられたのではないですか」

「やはりおわかりだったのですね。さすがは信吾さんです」

冗談じゃない、だれがわかりたいものか。しかしあれこれ考えればそれしかないでしょう、との言葉が咽喉から飛び出しそうになるのを、なんとか押しもどした。いくら言いたくても、よろず相談屋のあるじが口にできることではない。

「米蔵、見て、見て。これ、あの信吾さんだわ、とお嬢さまに瓦版を見せられまして」

米蔵はそう言ったが、信吾は皮肉らずにはいられなかった。

「よく憶えていてくれましたね。だって、瓦版に書かれたのは十二月の上旬、とすれば十月振りでしょう、ももお嬢さまがてまえの名前をお知りになられてから」

信吾の皮肉に気付かないのか、あるいは気付きながらかもしれないが、米蔵は熱っぽく語り始めた。

「長いあいだ、本当に長いあいだ、お嬢さまは瓦版に見入っておりましてね。書かれていることは、すっかり憶えてしまわれたと思います。それなのに、毎日のように取り出してはご覧になっているのです」と、米蔵は次第に早口になった。「あっと言う間に、信吾さまは江戸中の話題になりましたでしょう。お嬢さんの友達がやって来ては、瓦版と信吾さんの話をしていきます。中には将棋会所、つまりこちらに見物に来たお友達もいらしたようでした。年ごろの娘さんですので、自慢たらたら話されます。ももお嬢さまは体を耳にして聞いておられました。どんなことでもいいからと、相手が呆れるほど熱心にと申しますか、くどいくらいに訊いておいででした」

訊かれたほうは、なんでも知りたがるももお嬢さまに、得意になって大袈裟《おおげさ》に喋ったらしい。たいへんな混雑でお顔を満足に見ることもできないほどだったとか、着飾った娘さんがいっぱい詰め掛けていたとか、ももお嬢さまの気持を煽《あお》りでもするように語ったとのことだ。

信吾さまの顔を見たと言ってはキャーキャー、声を掛けられたと言ってはキャーキャーなどと、まるで見せびらかすようにその話をすると、ももは身を捩《よじ》るようにし、それが相手の心に油を注ぐことになったのだろう。

「そのうちにお嬢さまは、次第に元気をなくされましてね。食事も残すようになり、ぼんやりすごされることが多くなられました。お仲間が遊びに来られても、会わないことすらありましたから」

蔭日向のない米蔵だけには心を許していたらしく、女中やお付きの侍女さえ寄せ付けなくなっても、かれだけは自由に部屋に出入りできたそうである。実直だけが取り柄のような、これ以上ないほどの地味な中年男ということもあって、親たちにも信頼されていたらしい。

やがてももは友達が、芝居あるいは両国広小路や浅草奥山のおもしろい見世物に行こうと誘いに来ても、応じなくなってしまった。ますます食は細り、見た目にわかるほど痩せ始めた。肌の艶もなくなるし、動きも億劫《おつくう》そうで、話し掛けても反応が鈍くなってきたのである。

「てまえはたまたま見たのですが、例によって瓦版を黙って見ておいででした。繰り返し取り出して見ているものですから、深い折り皺《おじわ》ができて周囲が毛羽だった瓦版を、しみじみ見ながら、さめざめと涙を流しておられましてね」

さすがに見ていられなくなって、お嘆きになられると体によくありません。どのようなことでもけっこうですし、驚きませんので、てまえに打ち明けてくださいませんか、と米蔵は言ったのである。

「いくら米蔵であろうと、恥ずかしくてとても話せることではありません」

との返辞だったが、米蔵は宥《なだ》めたり賺《すか》したりして、なんとか訊き出したのである。

「あたしは信吾さんの素晴らしさ、本当の良さがわからずに、酷《ひど》いことをしてしまった。もしできるなら会って謝りたいし、改めてお付きあいを願いたいとのことでした。親御さんも苦労の末になんとか訊き出したらしく、信吾さんに会って考え直してもらうよう頼んでもらえないか、米蔵だけが頼りなんだよ。娘の命が掛かっているのだからと懇願されたのですが」

あんな仕打ちをしておきながら、今さらそんなことを頼むのはあまりにも自分勝手だと思いはしたものの、主人夫婦に言われては奉公人として従うしかない。それが米蔵の憂鬱であり苦悩であったのだ。

「ですから、てまえが主人に言えるような、それらしい理由、例えば」

「米蔵さんの意図がわかりにくかったものですから、言うに言われなかったのですが」

ほとんど同時にそう言ってから、二人は改めて相手の顔を見直した。

「もしかして」と、米蔵。

「実はそうなんですよ」と、信吾。

「と、ここでとんでもない勘ちがい、行きちがいにならぬともかぎりませんから、おっしゃってください。どうなろうと、てまえは驚きませんから」

「妻《めと》を娶ることになりました。それもほどなく、です」

「おめでとうございます」と、米蔵は音を立てて息を吐いた。「これで胸を張って、後ろめたく感じることなく、旦那さまと奥さま、ももお嬢さまに話すことができます。信吾さまは婚儀が決まったとのことでした。千載一遇という好機を逃されて、まことにお気の毒でございます、と」

実はてまえは信吾さまにお目に掛からず、自分一人でケリを付けようかとまで考えたのです、と米蔵は打ち明けた。

どこかで一刻《いっとき》（約二時間）か一刻半（約三時間）ほどを潰して、暗い顔をしてお店に帰り、こう言おうと考えたそうである。

まことにお気の毒でなんと申していいかわかりません。実は信吾さまは瓦版が出てからというもの、降るような縁談があったそうですが、ご本人はまだまだとおっしゃったとのことでした。ところが周りが説き伏せて、つい先日、嫁取りが決まったそうでございます。どうかお諦めくださいませ、と。

ああ訊かれたらこう答えよう、こんなことを訊かれはしないだろうか、などとあらゆる状況を考え、遺漏がないかと反芻《はんすう》したとのことだ。気の毒ではあるが、どことなく滑稽でもある。

しかし、小細工は早晩わかってしまう。信吾が妻を娶ったかどうかなどは、どうせ知れることだ。

一年、いや半年が経《た》っても独身《ひとりみ》であれば嘘《うそ》は発覚する。どうやら破談になったようです、と弁解できぬこともないが、信用をなくすことはまちがいない。いや小細工が露見した時点で解雇《くび》になるのは、火を見るよりも明らかだ。

悩み抜いた末に、米蔵はともかく信吾に会うことにしようと決心した。あるいは自分の気持をわかってもらえるかもしれないし、それがだめでも信吾から聞いたことをもとにそれらしく話を纏めれば、あとになって指摘されても、なんとか言い抜けできるのではないだろうか、とそんな思いもあってやって来たとのことであった。

ところが米蔵にとっては、願ったり叶《かな》ったりの結果となったのである。作り話や嘘を吐《つ》かなくても、堂々と事実を伝えることができるのだ。米蔵はさすがにそこまでは言わなかったが、これまでのなりゆきからして、愚かなお嬢さまに対する「それ見たことか」的な、溜飲《りゅういん》をさげることもできたのではないだろうか。

「淡々と事実を伝えるだけで、それができる訳ですからね。奉公人なんて、こういうことでもなければ、やっていられませんよ」

米蔵はそう言って、なんとも複雑な笑いを浮かべた。おいおい、赤の他人にそこまで正直に打ち明けていいのかよ、と心配になったほどだ。そして同時に、それまで感じたこともなかった違和感を覚えたのであった。

本人も言いすぎたと思ったらしい。念を押すように釘を刺した。

「これは二人だけの秘密ですよ、信吾さん」

「もちろんです。てまえは相談に来られたお客さまの秘密は、絶対に洩《も》らすことは致しません」

そう言いはしたが、むりに言わされたようで、どことなく気分は安らかでない。

その理由にはすぐに思い当たった。ももお嬢さんは自分のおこないのまちがいに気付き、瓦版に派手に扱われたことが影響しているとしても、信吾に恋心を抱いたにちがいないのである。最初の一目惚れとは別種の恋心を。

そして食べ物が咽喉を通らないというのに、信吾は妻を娶ることになったと米蔵に告げられるのだ。それがいかに残酷なことであるかに、米蔵は気付いていないのである。それどころかまるで思いやりがなく、保身と主人夫婦やももにいかに言うべきかと、それしか考えていないのであった。

信吾は目のまえから色が消えたような、寒々しい思いにとらわれた。

そのとき米蔵が、来たときとは別人のようにすっきりした顔、明るい声で言った。

「それを伺い安心いたしました。それではてまえは、これにて失礼いたします」

米蔵が草履を履き始めると、常吉が提灯《ちょうちん》に手燭の火を移して渡した。

「米蔵さん。笑顔はまずいですよ」

重苦しい気分で信吾は言った。

「えッ、笑っておりましたか」

「笑ってはおられませんが、どことなくうれしそうで。そのお顔でお店にもどられては、誤解されかねませんからね」

喜久屋のある本銀町までは、黒船町からはかなりの距離があった。日光街道を十五町（一・六キロメートル強）ほど南へ行き、神田川を渡って浅草御門を抜け、そこから西へやはり十五町ほど進むことになるので、併せて三十町（約三・三キロメートル）はある。

「喜久屋さんにおもどりになられるあいだに、どうか辛《つら》かったときのこととか、悔しかったこと、ぶん殴ってやりたいやつの顔などを思い出してください。この時刻、見世の大戸は閉まってるでしょうから、潜《くぐ》り戸《ど》から入るときには、どうか重苦しい顔をなさってくださいね」

それは、おまえさんのために言ってるのではないのだ。ももお嬢さんの心を、掻《か》き乱してもらいたくないから言ってるのだが、そんな思いが通じるとは思えない。

「顔の心配までしていただいて恐縮です。時間を掛けて、できるかぎり悲痛な顔を作るようにいたしましょう」

深くお辞儀をしてから、喜久屋の忠実な番頭、いや、自分の欲念にひたすら従うのみの米蔵は、日光街道のほうへと帰って行った。信吾が心配になったのは、米蔵の足取りが軽く、まるで踊っているように見えたからである。

だれだって保身に心を砕くだろうが、我執の虜《とりこ》となった米蔵は本来の商人の心すら喪《うしな》ったようであった。

信吾は相談に来られたお客さまの秘密は、絶対に洩らすことは致しませんと言った。つまり相談に見えたのですから、相談料をいただかねばなりませんと、言外に含めたつもりであったのだ。

しかし悩みが解消して安堵《あんど》したであろう米蔵は、すべてが解決したことに満足し、相談料のことなど失念していたのではないだろうか。

だが、そんなことはどうでもよかった。

米蔵の後ろ姿を見送った信吾は、もものことが急激に気になりだしたのである。信吾の嫁取りが近いことを米蔵に知らされて、ももが衝撃を受けることはまちがいない。縁がなかったと割り切って、なんとか立ち直ってもらいたいものである。その思いが胸を占めていた。

四

七ツ（午後四時）前後になると、対局を終えた順に「駒形」の客は家路に向かう。

その日も、信吾と常吉が将棋盤と駒を拭き浄めていると、いつものように甚兵衛が手伝ってくれた。

「甚兵衛さんにご相談なのですが」

信吾はあれこれと考えたが、どうすればいいか迷っていたのである。

「どのようなことですかな。できるかぎりの協力はいたしますよ」

「駒形は暮と正月に三日ずつ、都合六日の休みをいただきましたが、それ以外は一日も休まずにやってきました」

「席亭さんがお若いこともありますが、てまえは感心しておりますですよ」

「ですが、やはり休まねばならないかと」

甚兵衛は作業の手を休めて言った。

「休むかどうかでお迷いということは、仮祝言でございますね」

信吾は思わずうなずいてしまった。常吉が駒を拭き浄める手を休めたのは、仮祝言の意味がよくわからなかったからだろう。

「でしたら、なにも迷われることはないのではありませんか」

「ではありますが、駒形に通うのをなによりの楽しみにされている方が、何人もおられますので」

「てまえもその一人ですけれど、休まなければならないとしましても、何日もという訳ではないのでしょう」

「ええ。一日ですので、お客さま方にさほど迷惑を掛けずにすむとは思います」

「明日にでも、何月何日は都合により休業させていただきます、との貼り紙をすればよろしいではないですか」

「しかしこの一年、途切れることなく続けてまいりましたから、たとえ一日といえどそんなことで休みをいただくのは、なんとなく申し訳ないような気もしまして」

「なにをおっしゃいますか。そんなことで、などと遠慮なさるもんじゃありません。一生に一度のことでございますから、堂々と胸を張って休めばよろしいではありませんか」

「その堂々と、というのがちょっとまずいのですよ。つまり両家とも姉の花江さんの婚儀がすんで、わたしどもの披露目が終わるまでは伏せておきたいとのことですので。休業しますと、どうしてもそちらにお客さまの関心が向かいますからね。常連の方に理由を訊かれたら、ええ、ちょっと、ではすまなくなります」

「なるほど、そういうことでしたら」と、甚兵衛は少し考えてから言った。「駒形は休まずに、席亭さんだけがお休みをいただくということにすれば、いかがでしょう。何月何日、都合により席亭は休ませていただきます、との貼り紙も不要でしょう。これまでもよろず相談屋のお仕事で、かなり長く出ておられたことはありましたから。まる一日ということはありませんでしたけれど」

「ですが、そうなりますと」

「てまえと常吉とで、なんとかなりますよ。大丈夫だよな」

「大丈夫です」と胸を張ってから、常吉は頬を紅潮させた。「ということはですね、甚兵衛さんが仮祝言とおっしゃいましたけれど、式を挙げられるのですね、旦那さま」

「式と言っても正式ではない。だから仮祝言と言うのだが」

「正式ではなくても式ですから、みんなに話していいのでしょう」

「仮がついているから、だめだ」

「だめですか」

「なんだ、がっかりしたみたいだな。あ、そうか」とおおきな声を出したので、常吉は思わず体をのけぞらせた。「みんなに教えて、自慢できるのが先送りになるからじゃないんだ。饅重が遠退《とおの》くのでがっかりしたんだな。そう言えば、今度は波の上ではなくて、上だったたから、むりもないか」

「ち、ちがいますってば。みんなが知りたがってますからね、一日も早く教えてあげたいなと」

「我慢だ、我慢。ここまで我慢できたのだから、もう少し我慢したらどうだ、常吉。我慢すればしただけ、饅重がおいしくいただけるぞ。我慢のし甲斐《がい》があるということだ」

「ですから饅重のせいじゃありませんって。それじゃまるで、喰い意地が張ってるみたいじゃありませんか」

みたいではなくてそのものだが、さすがにそこまでは言えない。

「常吉どん。いいことを教えてあげますよ」

「なんでしょう、甚兵衛さん」

「旦那さまが、鰻重の上を食べさせてくれると約束したんだね」

「はい」

「上はいいです、って断る手があります」

「そ、そんな」

常吉は滑稽なくらいうろたえた。

「あわてなさんな。食べなくていい、食べませんという訳ではないですから。これは駆け引きでね。上はいいですから、並を二回にしてくださいと言えば、心のおおきな旦那さまのことだから」

「甚兵衛さん。変な知恵を付けないでくださいよ。それも本人の目のまえで」

甚兵衛を牽制《けんせい》しながらも、信吾は素早く計算をしていた。界隈《かいわい》の鰻重の値は平均すれば上が三百文、中が二百二十文、並が百五十文である。なんのことはない。上と並二回はおなじ値段であった。

鰻の丼飯だと上二百文、中百四十八文、並百文となる。やはり上は並の二回分だ。並でも駒形の席料の五倍だから、常吉がムキになるのも当然かもしれない。

常吉は真剣に考え始めたが、値段を知らないので判断のしようがない。懸命に考えているらしくて、首筋や耳の辺りまで赤く染まっている。

これまでは波の上、つまり中を食べさせたが、上は一度も食べさせていない。そのため常吉は迷いに迷っているのだ。

ともかく上なんだから、味は中とは較《くら》べものにならないだろう。ところで上中並の差は味だろうか。いや、鰻の切れの数が多いとか、ひと切れのおおきさがちがうとか、ということかもしれないぞ、などと。

常吉にすれば、これほど悩ましい問題はないはずである。なにしろ中しか食べたことがないのだ。上か並のどちらかを食べていれば比較できるが、食べていないので想像するしかない。

しかし、と思うのではないだろうか、と信吾は常吉の胸中を推し量った。鰻であることに変わりはない。ちがいは一回分の量が多いか、味がいいかということだろう。であれば上一回より、並二回が得ということになりはしまいか。量か、味か、回数か。それが微妙に絡み、関係しあっているので悩ましい。

となれば常吉のことだ、上一回より並二回を選ぶのではないだろうか。いや、選ぶはずだと予想した。

そのとき、常吉がこれまで見せたことのない真剣な表情で言った。

「旦那さま。並二回でもいいですか」

「うーん」と、信吾は大袈裟に迷う振りをした。「常吉一人ならともかく、甚兵衛さんと二人掛かりじゃ、厳しいが折れるしかないか」

「約束ですよ」

弾むような声で常吉はそう言ったが、それだけではなかった。小指だけを残して握った拳を差し出したのだ。指切りげんまんをしようというのである。してやられた、という顔をして信吾は指切りげんまんに応じた。

「で、席亭さん。輿入《こしい》れはいつになりますかな」

常吉にわからないようにと思ったのか、甚兵衛は輿入れなどと難しい言葉を選んだ。

しかし子供を甘く見てはいけない。字も意味もわからなくても、コシイレという音は頭に刻みこんでいるものなのだ。ちゃんと憶えていて、宮戸屋で食事することがあれば、古参の奉公人や仲居さんに訊くにちがいない。

「ええ、まだはっきりした訳ではないのですが、波乃さんは姉の花江さんの式のまえには春秋堂を出たいと言っていまして」

「花江さんの式はいつでしょう」

「三月末の大安吉日とのことでした」

甚兵衛は目を閉じたが、頭の中の暦をめくっているのだろう。豊島屋のあるじ時代に、いつもやっていたように。

「二十七日ですな。とすれば、そんなにのんびりしていられないではないですか」

「なんやかやは春秋堂と宮戸屋の両親が、実際は波乃さんの母のおヨネさんと、てまえの母がやっているようでして」

用意万端が調って明日が仮祝言となった前日に、信吾は甚兵衛に打ち明けようと思っていたのである。

さぞや驚くだろうと思い、その顔を見るのを楽しみにしていたのだが、それがまずいことに不意に気付いたのだ。甚兵衛のことだから怒りはしないだろうが、不快な気持を抱くことはまちがいない。

「あの、甚兵衛さん」

「なんでしょう、席亭さん」

「仮祝言の日にちなんですが」

「決まったのですね」

「三月だとお思いでしょうね」

なにをわかりきったことを言うのだ、と甚兵衛は怪訝《けげん》な顔で言った。

「波乃さんは花江さんの式、つまり三月二十七日よりまえに春秋堂を出たいとのことでしたが」

「それではあわただしいので、式のひと月まえに出たいと」

口を開けたまま甚兵衛は信吾を見ていたが、さすがに呆れたようである。信吾が泰然自若としていたために、まるで気付いていなかったのだ。

「のんびりしてはいられない、どころの騒ぎではないではありませんか。そうしますと、仮祝言はいつになるのですか」

「はい。二十三日に」

「三日しかありませんよ」

「箪笥《たんす》や蒲団《ふとん》、所帯道具などは運び終わっています」

「それはいいとしまして、一体どちらに新居をお決めになられたのですか」

「隣が空いておりましたので」

「息子の嫁と折りあいの悪い、御家人のご隠居さんが住んでおられましたが、何ヶ月かまえに越されましたね」

「はい。好都合にも、空いたままに」

本当は敵討ちにねらわれる北国の浪人であったが、そんなことは甚兵衛は知らない。

「そういえば荷物を運びこんでいました。どういう方が越して来られるのですかと訊きましたら、なんでも新婚さんがとのことでしたがね。それが信吾さんと波乃さんとは、お釈迦《しゃか》さまでも気が付くめえ、ですよ」

「騙《だま》すつもりはありませんでしたが、甚兵衛さんさえお気付きでないということは、なにもかも順調に進んでいることの、なによりの証《あかし》です」

「いやはや、おもしろいお方だ、変わったお方だ、なんとも愉快なお方だと思ってはおりましたが、ここまでとはね」

「自分でも呆れておりますよ」

「自分でも呆れておりますよ、ですか。信吾さんのほかに、だれにそんな言い方ができますか」

　甚兵衛が噴き出したので信吾も釣られて笑った。異様な興奮振りをしめしたのは常吉であった。その理由は明白だ。ずっと先になると思っていた鰻重が、唐突に目のまえに出現したのである。二十三日となれば、わずか三日後ではないか。

「鰻重は披露目が終わってからだからな。それまで我慢しなさい。我慢だ、我慢。ここまで我慢できたのだから、もう少し我慢しなさい」

「我慢すればしただけ鰻重がおいしくいただける、でしょう。それはついさっき聞かされたばかりです」

　見れば常吉は半ベソをかいて今にも泣きそうなので、さすがに可哀想になった。

「仮祝言のまえの日に、大旦那さまがみんなにそのことを伝える。だから残念ながら、常吉から教えなくてもいいことになった」

常吉はさらに落胆した。なぜなら奉公人たちに自慢げに教えるという、おおきな楽しみを奪われたからである。追い討ちを掛けたようなものであった。

「よし、常吉。仮祝言までは黙っていられそうだから、明日は鰻重を頼んでいいぞ」

「えッ、本当ですか。波の上ですね」

「うッ」と、信吾は思わず詰まってしまった。「よしわかった。思い切って、波の上にしてやろう」

「やったァ。すると二回目も、波の上でいいということになりますね」

「そうはいくものか。二回目は並だ」

常吉はぺろりと舌を出した。

「その代わり、披露目の式が終わるまでは、見世の者以外には絶対に言ってはダメだぞ」

「てまえはこう見えても、口が堅いことで知られております。黙っててくれろと言われたら、背中を断ち割られて煮《に》え滾《たぎ》る鉛を注がれても、決して口を割りゃしません」

信吾だけでなく甚兵衛も、それには驚かされてしまった。

まてよ、と信吾は思った。善次郎さんを相手に、冗談半分におなじようなことを言ったことがある。だがそのとき常吉は傍《そば》にいなかったはずだ。

ずっと記憶を辿《たど》って、ようやく手繰り寄せることができた。岡っ引の権六親分が、将棋会所「駒形」に出入りするようになってほどなく、口にしたことがあったのだ。

とすると、一年もまえのことを憶えていたことになる。あのころは怠けてばかりいて、暇があったら柱か壁にもたれて居眠りをしていたはずだ。

これだから子供を甘く見てはいけない。

「それだけ立派な啖呵《たんか》を切ったとなると、口を割る訳にいかんわなあ」

「旦那さまと奥さま」

「まだ奥さまじゃない。波乃さんだ」

「旦那さまと波乃さんの披露目の式まで、宮戸屋の人以外に話してはいけないのですね」

「そういうことだ」

「お峰さんにもですか」

「お峰さんか。いけない、大事な人を忘れるところだった」

「峰ならここにおりますが、大事な人と言われるなんて思いもしませんでしたね」

お勝手で声がしたが、なんと峰本人であった。夕食の支度に来たのである。

「ちょうどいいところにお見えだ」と、信吾は咄嗟《とつさ》に考えを纏めた。「お峰さん、以前こんなことを言っていましたね。自分家《ち》とここと両方となると、炊事、洗濯、掃除は堪《こた》える。だれか代わりの人はいないかって」

「えッ、見付かったの。そりゃよかった。なんせ三十をすぎたでしょ、さすがに疲れが残るようになってね」

多少なら仕方ないとしても、十歳以上も鯖《さば》を読んでいる。少しひどすぎやしないかと思ったが、信吾はそれには触れない。

「お峰さん。一年余りになりますが、お世話になりまして、本当にありがとうございました」

「で、いつまででいいのかしら」

「この二十二日」

「あらま、急だわね。こちらはありがたいけど、あと二日だね」

「その代わり今月分の給銀は全部お渡ししますから」

「あら、気にしなくていいのよ。日割りにしてもらえれば」

「いえ、こちらの都合で勝手に決めたものですから」

「もしかして、信吾さん。お嫁さんをもらうの。顔からすると、どうやらそのようね」

「実はそうなんですがね、ちょっとややこしい事情がありまして、お峰さんにも協力してもらわなくちゃならないのですよ」

信吾は峰に、花嫁の姉の婚儀が三月に控えているので、この二十三日に仮祝言をし、のちに改めて披露目の式をおこなうこと、だからそれまでは伏せておかねばならない事情を打ち明けた。

「と言うことで、どうかよろしくお願いしますね」

「まかしておきなってこってす。こう見えたってこのお峰さんは、お江戸では、とまでおおきな口は叩きたくありませんが、浅草、駒形、蔵前から柳橋に掛けての一帯なら、口の堅いことで知らない者はいませんからね」

そこまで聞いて甚兵衛、信吾、常吉の三人が同時に噴き出した。

「あら、やだ。どうして笑うのさ。ま、ちっとは大袈裟かもしれませんけどね」

「黙っててくれろと言われたら、背中を断ち割られて煮え滾る鉛を注がれても、決して口を割りゃしません、でしょ」

「なんで知ってるのよ」

「さっき、常吉が啖呵を切ったばかりなんですよ」

「そりゃ、笑えるわ」と言いながら、峰は炊事に取り掛かった。「でも、任せときな。絶対に言やしないから」

反物を一反分、お礼に贈ったほうがいいだろうな、と信吾は思った。一年余り世話になったし、口止め料の意味もあるのだから。

もちろん、あれこれ手を打っても、限度があることはわかっている。

実際に信吾と波乃がいっしょに暮らし始めたら、わからぬはずがない。その場合は言《い》い包《くる》めて、披露目が終わるまではなんとか黙っているように、承知してもらうしかないだろう。花江の式が終われば緩やかになるはずだし、披露目の式がすめば大っぴらにできるのだ。

五

「それでは僭越《せんえつ》ながら大役を仰せつかりましたので、武蔵屋彦三郎が仲人を務めさせていただきます」

そう言って頭をさげると、横に坐した夫人も控え目にお辞儀をした。

信吾が宮戸屋を弟の正吾に任せてよろず相談屋と将棋会所を開くとき、父の正右衛門は向島の鯉《こい》料理で知られた「平石」で披露目の宴を催した。そのとき、不安だらけだった信吾を後押ししてくれた恩人が武蔵屋であった。

信吾が商人の手本として、父や甚兵衛とともに尊敬している一人である。

「実はお話をいただきましたときにとても驚きましたのは、ふさわしいお方がいくらでもいらっしゃるでしょうに、てまえのような者に話があったからでございます。であればなぜに辞退しなかったのかと、疑問に思われるでしょう。仮祝言ではありますが、これまでに類を見ないだけでなく、今後の婚儀の見本となるような式にできればとのお話を、伺ったからでございます。類を見ないほど斬新で、形式に囚《とら》われた旧弊さを打破したいとのことですので、であればほかの方は尻込みするだろう。武蔵屋以外に適格者はおるまいと、これは宮戸屋の旦那さまに煽《おだ》てられ乗せられた、お調子者の言い訳とお聞きください」

いくらか長めの前置きで笑わせてから彦三郎は話を続けたが、それはこの祝言がそれまでの型を破ったものであったからだろう。

春秋堂の家族の飲食の場に信吾を招き、波乃との顔合わせ、つまり見合いをしたこと。その後、両家の食事会で正式に結婚を決めたこと自体が画期的なことであった。なぜなら家長の命令で相手を決められ、しかも新郎新婦ともに拒否できないのが当たりまえだったからである。

「つまり婚儀は家と家のものだからでありますが、肝腎の新郎と新婦があまりにも軽く扱われすぎているのは、なんとかしなければなりません」

新郎宅に花婿の身内の者が集まり、そこに花嫁が嫁いで行く。

式には新郎新婦と、三三九度の盃《さかずき》事《ごと》に関わる人たちだけが立ち会う。つまり花嫁が婚家先へ行き最初に会うのは花婿で、このとき初めてお互いが顔をあわせるのがほとんどであった。花婿の両親や親族と会うのは、式が終わったそのあとになる。

花婿の家に嫁ぐので、披露宴には花婿の縁者、つまり親族や関係者のみが参列する。後日、嫁の実家で再度披露の宴をおこなうのであった。

「これは悪弊と言っていいでしょう。ですので本日は、両家の親子、兄弟姉妹のまえで三献の儀をおこない、そのまま披露の宴に繋《つな》げて両家の結び付きを、揺るぎなく堅固なものにしたいと思います。婚礼は花婿花嫁のためにおこなわれるべきで、本日、てまえどもの臨んでいるこの式が、これからの世の主流となることを願って止《や》みません。ですが、なにもかも新しければよいという訳ではないのです」

そう言って彦三郎が床の間を示すと、高砂の尉《じょう》と姥《うば》の軸が掛けられていた。鶴亀の置物を飾った島台を置かれたまえで、盃事がおこなわれるのも従来どおりだ。

さらに言えば花嫁の波乃は白無垢《しろむく》の衣裳《いしょう》を何枚も着重ねて、一番上に白の打ち掛けを羽織っていた。白絹の帯に、髪飾りは鼈甲《べっこう》の簪《かんざし》を挿し、綿帽子を被っている。花婿の信吾は黒紋付きの羽織袴《はおりはかま》であった。

「それでは新郎新婦に、ご家族のまえで三献の儀をおこなっていただきます。本日は仮祝言ですが、仮が付いているのは、事情がありまして披露の宴を後日としたためで、これが信吾どのと波乃さんの真《まこと》の祝言でございます」

彦三郎の妻が膝でにじり寄り、信吾と波乃の盃に三度ずつ酒を注いだ。二人が畏《かしこ》まってそれを飲み干し、儀式は終わった。

あとは談笑と飲食の宴である。

将棋会所「駒形」は甚兵衛が仕切り、常吉が雑用を受け持って休業にせずにすんだ。

宮戸屋からは喜一と三人の料理人が来て、狭いお勝手で仮祝言の新郎新婦とその家族に、腕を揮って料理を出した。

喜一の父の喜作が料理人たちに指図し、番頭が仲居たち奉公人を差配することで、宮戸屋もまた休業しなかったのである。

祝言は五ツ半（午後九時）から、早くても六ツ（午後六時）からが通例であった。だが信吾と波乃の仮祝言は、八ツ半（午後三時）からおこなわれた。であれば午前中だけでも将棋会所に顔を出したいと信吾は言ったが、花婿がそんなことでどうすると、さすがに許してはもらえなかった。

異例ずくめというか、先例がないということもあって話は弾んだのである。

「これからはこのような、花婿花嫁のための婚礼がおこなわれるといいですがな」

武蔵屋彦三郎がそう言うと、宮戸屋の正右衛門と繁、祖母の咲江と正吾、春秋堂の善次郎とヨネ、波乃の姉の花江が、おおきくうなずいた。ただし正吾は強くうなずき、花江は控え目であったが。

「やがては武蔵屋さんのおっしゃるようになるでしょうが、すぐにはむりかもしれませんね」

正右衛門がそう言うと善次郎も同意したが、楽観している訳ではなさそうだ。

「百年、いやもっと掛かるかもしれません」

「ですが、今日の信吾どのと波乃さんの仮祝言が、先鞭《せんべん》を付けることになると、てまえは信じておりますよ」

彦三郎がそう言ったとき、金龍山浅草寺の時の鐘が六ツを告げた。

「仲人は宵の口と申します。大切な夜が待っておりますので、この辺で失礼しましょう。おや、花嫁さんが赤い顔をなさっている」

「ひと言だけ多すぎましたよ、おまえさま」

夫人に注意され、彦三郎はいささか大袈裟に首を竦《すく》めた。

「モトはわたしたちと春秋堂にもどり、明日の昼まえにこちらに来させます」

ヨネが娘にそっと告げたので、波乃はポッと頬を染めた。

「常吉は宮戸屋に連れ帰りますから」

母の繁にささやかれ、信吾は照れて首筋を搔くしかなかった。

繁にヨネ、そして花江が座敷関係を、食器や調理関係は喜一たちが片付け、潮が引くように帰ると、信吾と波乃だけになった。

「おまえさま、先にお休みなさいませ」

化粧を落とすから、との意味だろうか。

「おまえさまなどと呼ばれると、自分じゃないみたいだ。二人だけなら信吾、あるいは信ちゃんでもいいんじゃないかな。でなきゃ、おい、破鍋」

「なにさ、綴蓋」

「所帯じみすぎてるな。これ、才蔵」

「なんでやんしょ、太夫さん」

「どうもしっくりこない。波乃」

「なあに、信吾さん」

「これだな。やはりこれが一番だ」


奥座敷には蒲団が並べて延べられている。信吾は片方に身を横たえた。

花嫁が横に身を横たえるころには、大鼾《おおいびき》を掻きながら白河夜船だと豪傑だが、さすがにそうはいきそうになかった。

信吾は女を知らない訳ではない。

界隈の若い連中の集まりで酒が入ったときなどに、かならず先輩風を吹かせる者がいるものだ。

「これは抜かった。面ぁを見渡したところ、この中にまだ筆おろしのすんでないやつがいるじゃねえか」

「そりゃことだ。放っておけばおれたちだけでなく、この町内の恥となる」

「と言って、どうすりゃいい」

「吉原《なか》へ繰り出すしかあるめえ」

相談はすぐにまとまる。自分たちが大手を振って女郎買いができる口実が、ほしいだけなのだ。

好都合なことに金龍山浅草寺の裏手には公認の遊廓《ゆうかく》、不夜城の異名で知られる吉原が控えていた。

「初めての子ならまかせといてよ。これまで何十人と知れない坊やを、ちゃんとした男にしてあげたからさ。今でも盆暮れに、お礼が届くくらいだよ」

などと自慢する女が何人もいるのだ。

「おう、こいつなんだけどよ。子供だ子供だと思ってたら、このまえ湯屋でいっしょになって驚いた」

「背中一面に刺青《いれずみ》してたのかい」

「脅かすなよ、そんなんじゃねえ。あそこに生えてたんだ」

「なにが」

「だから黒い物が。それも疎《まば》らじゃなくて、わんさかと」

「あらま、やだ。だったら最初から言ってくれたら、こっちもあれこれ気を使わなくてすんだのに」

「わかってるくせに惚けんなよ」

「そういうことだったら、あたしにまかせといてよ。初めての子なら」

「これまで何十人と知れない坊やを、男にしてあげたってんだろ。何度も聞いたから憶えちまったよ。今でも盆暮れにお礼が届くんだってな」

などと決まりきった遣り取りがあって、蒲団に引き入れられるのだ。女は自分の馴染《なじみ》客《きやく》にしようと、あらゆる技を使って、手《て》取り足取り懇切丁寧に教えてくれる。

「あんた、初めてじゃないでしょ」と、終わったあとで女が信吾に言った。「いるのよね、そういう悪いのが。初めてだと言えば、女が仕事そっちのけで尽くしてくれっからね」

「初めてだよ」

「嘘ッ」

「なんで、そう言い切れるの」

「ときどき、薄目を開けてあたしを見てたでしょ。わかってんだから。それだけじゃないわ、薄笑いを浮かべてたもの」

「ああ、そのことか」

「初めてだと大抵は目を閉じて、歯を喰い縛ってしがみついてくるもの。それなのに」

「ごめんごめん」

「やっぱりそうでしょ。なら、べつにかまわないのよ。ただ、初めてだなんて、コスい手を使うもんじゃないわよ。こういうところの女は、毎日、男を相手にしてっからね、なにもかもお見通しなの」

「そうじゃないんだよ」

「そんなふうにごまかすと女に嫌われるよ」

「なにもかも、本に書いてあったこととそっくりだったから、へえ、そうなんだと思って感心してたんだよ。本なんて大袈裟に書いてあるとばかり思ってたら、そうじゃなかったからうれしくなって、それで笑ったのかもしれない。気を悪くしたなら謝るよ」

女はまじまじと信吾を見たが、まだどことなく疑わしそうな眼《め》をしていた。

「本って、どんな本なのさ」

「戯作本《げさくぼん》と言ってね。その中に男と女のあれこれや駆け引きなんかを、おもしろおかしく書いたのがある。廓《くるわ》の女の人がどんなふうに男を喜ばせるかとか、甘い言葉で男の心を蕩《とろ》けさせるかとか、いろいろと書いてあるのさ」

「で、あたしが本に書いてあるようなことを言ったり、したりしたから、つい笑ったってのかい」

「悪気があって笑ったんじゃないから、怒らないでもらいたいな」

「だったら腹も立てられないけど、こっちが喜悦声《よがりごえ》をあげてるときに、薄目を開けて見られてるってのは、気分のいいもんじゃないわね。それに廓では、本のことなんか抜きにして楽しまなきゃ損だよ」

それが最初だった。

手習所時代からの幼馴染で親友の、完太と寿三郎、それに鶴吉と吉原に繰り出したこともある。そして連中が、女がああ言ったとかこう言ったとか、おれにぞっこん惚れちまったみたいだなどと、夢中になって、それとも得意になって喋るのを聞いていると、まさに本にあるとおりなので滑稽でならなかった。

そのような場所で女を抱けば、信吾だって興奮もするし快感も覚える。ところがそれが商売の手口だとわかっていると、どうしても距離を置き、薄目を開けて観察するようになってしまうのである。

ではあるものの、本からだけでなく実際の女の体からも、学んだことは多かった。どのようにすればいいか、いかなる方法で女を悦《よろこ》ばせられるかを、信吾はある程度はわかっているつもりでいた。

微かに空気が動いたと思うと、良い匂いが鼻腔《びこう》をくすぐった。隣の蒲団に波乃が横たわったのだ。

首を倒して見ると、行灯のほのかな灯《あか》りの中で、波乃は上を向いて目を閉じていた。どうすればいいのか、はたと困ってしまった。本に書かれていたのは廓の女とのあれこれとか、飲み屋の女、また人の女房など、つまり経験たっぷりな女との、駆け引きばかりであった。素人の、それも初めての女をどう扱えば、いやどのように持ち掛ければいいのか、などが書かれた本を読んだことはなかったからだ。

なにもしないまま、いつまでもすごす訳にはいかない。

他家に嫁ぐのである。母親のヨネが、でなければ付きっ切りで炊事、洗濯、掃除を教えている古くからの女中のモトが教えているはずであった。具体的にあれこれと言わなくても、どういうことがおこなわれるかを、ほのめかせているのではないだろうか。

えい、ままよ。

波乃はなにも知らないのだ。であれば、こちらの主導で進めればいいではないか。なにしろこちらは夫なのだ。亭主である。旦那さまなのだ、ほやほやの新米ではあるけれど。

信吾はそっと波乃の蒲団に滑りこんだ。

「恥ずかしがっていないで、こっちを向いておくれ」

信吾に顔を向けた波乃は、恥ずかしそうに眼を伏せた。

「初めて二人切りになれた」

「はい。二人切りに」

「笑ってくれないか」

言われて波乃は含羞を浮かべた。

「やはり波乃は、笑顔が一番似合うね」

波乃がおずおずと信吾の胸に顔を寄せた。温かな息が胸をくすぐり、鬢付《びんつ》け油の匂いが鼻腔に拡がる。信吾の口許《くちもと》に形のいい耳朶《じだ》があった。貝殻が、ささやき掛けられるのを待っているように思えた。

「心配しなくていいからね。わたしを信じて任せておくれ」

返辞の替わりに波乃はこくりとうなずいた。

信吾が長襦袢《ながじゅばん》の胸元をそっと開くと、行灯の灯りに小振りだが形のいい乳房が浮き出た。

指先で乳首に触れると、ピクリとちいさな痙攣《けいれん》が走り、乳房から全身にかけて細かな変化があった。鳥肌に被《おお》われたのだが、それは一瞬ですぐに元にもどった。異性に触れられたことで、乙女の生理が敏感に反応したのだろう。

乳房を撫でたが、もはや肌に拒否するような変化は起きなかった。その代わり、胸がおおきく隆起を繰り返した。呼吸もいくらか荒くなってきたようだ。

撫であげ、そして撫でおろし、それを繰り返す。そうしながら、少しずつ胸から腹へ、腹から下腹へと愛撫《あいぶ》の範囲を拡げていった。

掌《てのひら》が腿《もも》に触れたとき、波乃の両脚は硬く閉ざされていた。だが信吾は、それを開こうとはしなかった。やさしくやわらかく、腿を膝のほうへと撫でおろし、そして撫であげた。

ていねいに根気よく繰り返していると、硬かった腿が次第に柔軟さを帯びてゆくのが感じられた。やわらかさが増すにつれて、硬く閉ざされていた両脚が少しずつ開いてゆく。

両膝がすっかり開いてしまうと、信吾は上体を起こして、さらに両脚を拡げていった。波乃が両掌《りょうて》で顔を覆ったのは、自分がどのような恰好《かっこう》をしているかに気付いて、羞恥心に囚われたからだろう。しかし両膝をあわせるようなことはせず、慄《おのの》きをなんとか抑えながら信吾を待っているのが感じられた。

気が付くとちいさかった乳首が、いつの間にか桜色を濃くして硬く立っていた。正面に廻った信吾は、波乃の腿の内側を撫《な》で擦《さす》った。火鉢一つしか暖を取るものはないのに、いつしか腿は微かに熱を帯び始めていた。その腿を両掌で付け根から膝に向けて撫であげていく。

いつしか両脚はすっかり開き切っていた。両脚のあいだにある翳《かげ》りは薄《う》っすらとして、その下できらりと光るものがあった。

信吾は下帯を解くと、慎重に体を重ねながら、指でその部分を探ってみた。触れるなりビクンと衝撃が走り抜けるのが感じられた。

そっとあてがい、ゆっくりと押し進めていくと、途中で拒むものがあった。

信吾は体の重みが負担にならぬように両腕を突き、上体を重ねながら耳元でささやいた。

「少し痛むかもしれないけれど、二人が結ばれるためには堪えてもらわねばならない」

言葉はなかったが、顎がこくりと動いて受《う》け容《い》れる意志を示した。

信吾は腰に少し力を加えた。

うッ、と吐息が漏れたと思うと同時に、抵抗が消えていた。無数の襞《ひだ》に吸い付かれるようにしながら、自分の一部が押し進んでゆく。

いたわりの気持を籠《こ》めながら、信吾は緩やかに進め、慎重に退《ひ》くことを繰り返した。

これが本当の女の体というものなのだと、信吾はしみじみと思った。本で読み、廓の女と体を絡ませたときにはわからなかったし、感じることのできなかった、なんとも表しようのない微妙なものだということが、実感できたのであった。

長い睦《むつ》みあいのあとで、薄っすらと汗ばんだ体を並べて、信吾と波乃は天井を見あげていた。

「体と心が、一つになった」

しみじみと信吾はそう思い、するとごく自然に言葉になった。

「心と心が、体と体が一つになりました」

「うれしいことも哀《かな》しいことも、分かちあえるようになったと感じられたよ」

「はい。うれしいことも、そして哀しいことも」

解説

吉田伸子

ごめんなさい!! まず最初に謝っておきます。動物と話せる主人公、と聞いて、あ、もしかしたら本シリーズは、お江戸版ドリトル先生かも、と先走ってしまったことを、です。

ドリトル先生というのは、ヒュー・ロフティングによる児童文学の傑作、ドリトル先生シリーズの主人公である。このドリトル先生、元々は博物学者であり、オウムから動物の言葉を教わり獣医師になってからは、鳥や魚の言葉まで解することのできる人物なのである。シリーズは十数冊出ているが、中でも有名なのは『ドリトル先生航海記』だろう。

すわ、お江戸にドリトル先生降臨か! とわくわくしつつ、シリーズ第一作『なんてやつだ』を読み始めて早々、その期待は裏切られた。節子《せつこ》、それドリトル先生やない! けれど、それは良い意味で、だ。

本書はシリーズ五作目であり、刊行を心待ちにしていたファンの方には蛇足になるが、ここで前四作のおさらいを兼ねて、この「よろず相談屋繁盛記」の概要に触れておく。

物語の主人公は、お江戸でも屈指の老舗料理屋である宮戸屋《みやとや》の跡取り息子、信吾《しんご》。三歳の時に大病を患うも、辛くも一命は取り留める。けれど、医師も首を捻《ひね》るほどの病状だったため、後々障りが出るかも、と言われていた。案の定、その障りは、時折すっぽりと記憶が抜け落ちてしまう、という形で現れてしまう。けれど、その代わりというか、神の御加護というべきか、信吾には常人ならざる能力が芽生える。「危険が迫ったり迷ったりしたときに、さまざまな生き物がなにかと教えてくれること、あるいはどこからともなく声が聞こえる」のである。

そして、ここからがこの信吾の信吾たるところなのだが、そんな特殊な能力を得た己が身を、こんな風に感じるのだ。「でも元気になれたのは、きっと世の中の人たちの役立つよう、生かされているのだと思います」これは、旦那寺の和尚、巌哲《がんてつ》に信吾が言った言葉だ。信吾、七歳の時のことである。店は、弟の正吾《しょうご》に継いでもらうつもりだ、と。ただし、弟はまだ四歳なので、あと十年は黙っていようと思う、と。

実はこの時、信吾は巌哲が棒術の稽古をしているところを目撃し、身を護《まも》る術《すべ》として棒術の教えを乞うのだが、その件で、先の言葉が出てくるのだ。信吾の決意を汲《く》み取った巌哲は、なにぶんまだ体が幼すぎるので、二年経《た》ってもその気があるなら、と条件付きで信吾の申し入れを受ける。約束通り、九歳になった信吾は巌哲を訪《おとな》い、以来、棒術と体術、ついで剣術の指導を受ける。十七歳になった時、巌哲から授けられたのが、鎖双棍《くさりそうこん》というヌンチャク様の〝得物〟。十九歳になった信吾は、この鎖双棍のなかなかの遣い手になっている。

同時に、巌哲に約束した十年という時も過ぎ、さらに二年が経っていたこともあり、信吾はもはや限度だ、と思う。そして、家族に店を継ぐ気はない、と自分の意思を告げる。信吾の話を受け、商いは兄が継ぐものなのに、弟におしつけ、自分はやりたいことをやるなんて、何事か、世間は許してもわたしは許さない、と宮戸屋の大女将《おおおかみ》である祖母の咲江《さきえ》は憤る。それでは何がしたいのか、という父の正右衛門《しょうえもん》の問いに、信吾は自分の胸の内を話すも、甘すぎる、と一喝される。それでも、信吾の気持ちは変わらない。尚も翻意を促す家族に、信吾は自身の欠陥を打ち明ける。記憶がすっぽりと抜け落ちてしまうことがあることを。そして、それは商人としては致命的な欠陥であることを。そこでようやく、家族は納得する。

とはいえ、「よろず相談屋」だけで活計《たずき》が成り立つわけではない。信吾は世間から見ればまだまだ青二才。相談屋一本で食べていかれるわけもない。けれど、もちろん、信吾はそのこともちゃんと考えており、相談屋と併設して将棋指南所も開くことにしている。指南所を開くにあたり、将棋好きで、何度も手合わせをしている豊島屋の隠居・甚兵衛《じんべえ》――大の将棋好きであり、自身でも指南所を開きたいと思ってはいたが、歳が歳なので諦めていた――からさりげなく話を聞いているうちに、指南所を始めようとしていることを見抜かれ、結果、甚兵衛の持ち家で、最近空いた家を貸してもらうことに。そこは、甚兵衛自身が、空けば自分で指南所を、と目論《もくろ》んでいた場所でもあり、立地としては、申し分のないところだった。

かくして、信吾は実家である宮戸屋を出て独り立ちし（とはいえ、身の回りの世話をする小僧・常吉《つねきち》を宮戸屋からまわされる）、よろず相談屋兼将棋指南所「駒形《こまがた》」を営むことになる。シリーズは、この「駒形」に集う人々、そして「よろず相談屋」にまつわる人々のドラマを描いていくものだ。

このシリーズを支えているのは、なんといっても主人公信吾のキャラクターにある。七歳の時に巌哲和尚に語った言葉からもわかるように、どこか深い部分で悟っているのだ。とはいえ、聖人君子というのとはちょっと違う。懐が深い。いやちょっと違うな。器が大きい。当たっているけれど、それも違う。う〜〜ん、もっと相応《ふさわ》しい言葉はないものか。と、考えていて閃《ひらめ》いた！　そうだ、信吾は、今で言うならばセラピストのようなものなのではないか、と。というのも、悩みを持ちかけられた相手に対して、信吾は具体的なアドバイス、こうすればいいですよ、とか、信吾が実際に働きかけるとか、そういうことはしないのである。極端な例をあげれば、相談相手と二人で、ただ、あははは、あははと笑い合っているだけ、なんてこともあるのだ。けれど、そうやって信吾に困りごとを打ち明けたり、信吾と笑いあったりしているうちに、相談者自身が、悩みを解決する糸口を見つけるのである。あたかも、クライアントが心に抱えた悩みや鬱屈に、口を挟むことなく、静かに耳を傾けるセラピストのようではないですか。しかも、腕利きの！

　さてさて、シリーズ五作目の本書は、なんと、なんと、信吾の恋バナが描かれている。「駒形」で開催した将棋大会をめぐって起きた〝事件〟で、図らずも信吾の武術の腕前が明らかになり、それが瓦版で喧伝されたことにより、信吾は一躍時の人になってしまった。お江戸中の、といっては言い過ぎだが、年頃の娘を持つ親たちにとって、信吾は「嫁がせたい男子№1」になってしまったのである。そんな渦中にあって、信吾が意中の人と思い定めたのは……。

　このね、信吾のお相手、波乃《なみの》がまたいいんです。時代が時代だけに、旧弊な社会では、じゃじゃ馬とか跳ねっ返り、と持て余されそうな女子なのだ。けれど、そこは信吾が見定めた相手ですからね。芯の強さはあるし、お頭《つむ》の回転も早い。何よりも、機転が利くし、それを即座にユーモアにすることができる。宮戸屋の大女将をして「（信吾とその彼女の）これほど似合いの夫婦が、あ、まだ夫婦ではありませんが、鉦《かね》や太鼓を叩《たた》いて探したって、まず見付かりっこありませんよ」と、太鼓判を押すほど。信吾が親しく？している野良犬の親玉、赤犬も「信吾さん、いいタマを見付けましたねぇ。なかなか大した娘ですぜ。おれたちを怖がらないだけでも珍しい」「せいぜい逃げられんようにすることですね。こんな娘、まずいないだろうから」と折り紙をつけるほど。

時代小説の中の名カップルといえば、平岩弓枝《ひらいわゆみえ》さんの超ロングセラーである『御宿《おんやど》かわせみ』の東吾《とうご》とるい、を思い描く方も多いだろうが（苦難の果てに東吾とるいが夫婦になった時には、作者の平岩氏のもとに、二人を祝う祝電！が届いた、という）、信吾と波乃もまた、二人に負けない名カップルになりそうな予感がする。

一つだけ気がかりなのは、もも（かつて、信吾に一目惚《ひとめぼ》れをしたものの、信吾が宮戸屋を継がないと知った瞬間、手のひらを返しておきながら、瓦版で信吾の活躍を知った途端、再び信吾にのぼせ、我が意を通したい、と番頭を困らせる始末。本銀町《ほんしろがねちょう》のお菓子卸商喜久屋《きくや》の娘）。こういう娘は、思い込みが激しい分だけ、たちも悪い。今後、自分を袖にした信吾が、波乃と睦《むつ》まじくしているのを、逆恨みしないといいのだけど、と、これは私の老婆心。

いずれにせよ、波乃というまたとない伴侶を得た信吾が、これから二人で、人様のどんな悩みに応じていくのか。信吾の世話係兼、将棋指南所の雑事を担っている常吉の、指南所では「女チビ名人」と呼ばれるほどの腕前を誇るハツへの想《おも》いはどうなるのか。謎めいた巌哲和尚の来し方は明かされるのか。本筋以外でも、読みどころ満載の本シリーズ。読み終えた途端、次作が待ち遠しくなるのは間違いない。


（よしだ・のぶこ　書評家）

本書は、集英社文庫のために書き下ろされた作品です。

本文デザイン／亀谷哲也［PRESTO］
イラストレーション／中川　学

集英社文庫
野口　卓の本

なんてやつだ
よろず相談屋繁盛記

二十歳の若者ながら大人を翻弄する話術と武術を兼ね備え、将棋の腕も名人級。動物とまで話せてしまう!?　型破りな若者の成長物語、始まり始まり〜！

集英社文庫
野口　卓の本

まさかまさか
よろず相談屋繁盛記

跡目を弟に譲り、将棋会所兼相談屋を開業した信吾のもとへ、奇妙な依頼が舞い込む。依頼人はお武家だったり、え、犬？　まさか、まさかの第二弾。

集英社文庫
野口　卓の本

そりゃないよ
よろず相談屋繁盛記

信吾の実家の料理屋、宮戸屋で食あたりが出た⁉
相談屋への依頼は職業倫理を問われる難題で……。
など、信吾に数々のピンチが訪れる波乱の第三作。

集英社文庫
野口　卓の本

やってみなきゃ
よろず相談屋繁盛記

信吾が開いた将棋会所「駒形」も一周年を迎え、記念の将棋大会を開催することに。それが町中を揺るがす騒動のきっかけに!?　急展開のシリーズ第四弾。

集英社文庫

あっけらかん　よろず相談屋繁盛記《そうだんやはんじょうき》

2020年1月25日　第1刷
2020年12月21日　第3刷

定価はカバーに表示してあります。

著　者　野口《のぐち》　卓《たく》

発行者　徳永　真

発行所　株式会社　集英社
東京都千代田区一ツ橋2-5-10　〒101-8050
電話　【編集部】03-3230-6095
【読者係】03-3230-6080
【販売部】03-3230-6393（書店専用）

印　刷　図書印刷株式会社

製　本　図書印刷株式会社

フォーマットデザイン　アリヤマデザインストア　マークデザイン　居山浩二

ISBN978-4-08-744071-3 C0193